Characters
〖登場人物紹介〗
小野田玖真
Kyuma Onoda
自由診療の「んん診療所」の医師。女癖が悪く、ギャンブル好きなテキトー男。
関根菜生
Nao Sekine
夢も資格もなく、恋人もいない28歳。じんま疹の原因となった仕事をやめ「んん診療所」で働く。

第1章　私であるための必要十分条件

西荻窪《にしおぎくぼ》駅の北口に広がる、閑静な住宅街。

そこにあるリノベーションした一軒の古民家を見て、誰が診療所だと思うだろう。

内装だってウッディで落ち着く雰囲気だし、そもそも常識的な診察室ではない。

天井から暖色のダウンライトが優しく吊《つる》されたカウンター席が4つ。窓から明るく陽の差し込む壁際には、座り心地の良さそうなソファのテーブル席がふたつある。

横長の木製カウンターの中には電子カルテも診察器具もなく、あるのは水道の蛇口とシンク。後ろの壁には薬棚でもカルテ棚でもなく、冷蔵庫や炊飯器や電子レンジが並び、お玉やフライ返しが吊され、3つのコンロとレンジフードがあるのだ。

「おはようございます」

時計の針は、午前9時をずいぶん過ぎている。

平日に起きる時間として世間的にはどうかと思うけど、ここではこれが普通だ。

「おーう、おはよう。今朝は、なにを挟むことに決めてる感じ？」

切れ長の目をしたクールな外見と、軽すぎる口調のギャップが印象的で。

前下がりのショートボブ——確かマッシュウルフとかいう髪型もやたらと似合っている

のに、いつも格安量販店の上下しか着ない。それでも悔しいことに店内ポスターのモデルなみに見えるのが、ここの院長をしている小野田《おのだ》玖真《きゅうま》先生。

「いつものヤツでお願いします」

「了解ぃ」

ちなみに「挟む」とは定番の朝ごはん「なんでもホットサンド」のことで、あたしはいつも薄焼き卵とレタスとマヨネーズを挟んでもらっている。直火ではなく電気式の家電メーカーで焼くので、何度かあたしも挑戦させてもらったけど。必ず縁がズレて焼き上がり、かじるとすぐに端から具がこぼれ出すので今は修業中だ。

「はよ、クマさん」

「おう。颯《そう》はどうする?」

眠くも不機嫌でもないのに口数が少なくて、いつもちょっと上目遣いの半眼。

なぜか派手なテラテラした紫の襟シャツと黒のジャケットが大好きな、薬剤師の八木《やぎ》颯さん。こんなにオールバックの似合う人はいないだろう。

「チーハム」

「はいよ」

ちなみに「チーハム」とはチーズとハムのことで、たまに「ダブルで」と小声で付け加える時はチーズをダブルにして欲しいという意味だと、最近ようやく気づいた。

でもカウンター席は4つあるのに、必ずあたしの隣に座る理由はまだわからない。

「はよ、関根《せきね》さん」

「おはようございます。コーヒーは、いつもの『ナシナシ』ですか」

「ありがと」

あたしが朝食時にできるせめてもの仕事は、電動グラインダーでコーヒー豆を挽《ひ》いて、八木さんにはブラック——つまり、牛乳と砂糖ナシのコーヒーを淹《い》れること。

「先生は、いつもので？」

「さんきゅー」

先生には朝から血糖爆上《ばくあ》げ目的の、練乳入りカフェオレを淹れることだ。

食パンがいろんな具材と一緒に焼けていく匂《にお》いと、コーヒー豆を挽いた匂いが、古民家カフェの店内としか思えない診察室の中に広がっていく。大きな窓から朝陽と言うには遅すぎる強い日射しが差し込んできて、なんとも心地よい。

「で？　颯は今日、なに打つの？」

「んー、ノーマルタイプ」

「火曜だぞ？　新台は？」

「パス」

「どうしたのよ、ずいぶん引き気味だな。そんな人生、辛くないか？」

「クマさんが攻めすぎだよね」

最近なんとなく理解できてきたけど、これは「朝の散歩」をどうするかの話。散歩といっても、いわゆるウォーキングではなく。通勤レベルで毎日、駅前のパチンコ屋に10時の開店前から並びに行くこと。世間的にはかなり白い目で見られること間違いなしでも、ここでは日常の一部。患者さんの来る予定がなければ、だいたいお昼12時前ぐらいまでスロットを打つのが、ふたりの日課なのだ。

「あ、関根さん。今日、朝イチで哲《てっ》ちゃんが来るってさ」

友だちが遊びに来るように聞こえても、これは患者さんが来るということ。

あたしも最初は、ここの患者だったことを思い出す。

医療機器卸売大手の子会社で6年目にして営業へ異動になったものの、パワハラ、セクハラ、モラハラと、ハラスメント三昧《ざんまい》で。心と体の悲鳴が全身のじんま疹《しん》となってあたしを苦しめたけど、どこの病院からもたらい回しにされて辿《たど》り着いたのが、この自由診療の「んん診療所」だった。

内装がこれで、先生があんな調子だから、最初はワケもわからず信用すらしていなかったけど。ここの基本的な治療方針は『水分』『糖分』『塩分』、そして『食事』に『睡眠』という、最小限だけど体には必要不可欠な要素を個別に管理すること。先生はよく『大人《おとな》のミニマル・ハンドリング』と言っている。

もちろん都に届け出をしている医療施設なので、必要なら処方や点滴なんかの処置も気軽にしてくれる。

そんな変わり種の診療所の変わり者の先生が、なんの資格もないあたしに前職を辞めてここで働かないかと声をかけてくれた理由——それが、あたしの「プロファイリング能力」だという。

「哲ちゃんって……柏木《かしわぎ》さん、ランチじゃなくて朝に来られるんですか？」

「それよ、それ。絶対、なんかあるんだよ。見つけてくれないかな」

ただ単に趣味の人間観察が無意識レベルになっただけで、いまだに自覚はないのだけど。

先生とここの患者さんには、それでも役に立っているという。

いまだにそれを実感できることは少ないし、表現が大袈裟《おおげさ》すぎると思う。

「わ……かりました。できるかどうか、わかりませんけど」

「まだそんなこと言ってるし。関根さん、そろそろ嫌味になるよ？」

「……わりと真剣に、そう思ってるんですけど」

「あと、大城《おおしろ》さんも午前中に来たいってさ。よろしくねー」

「ふたり同時にですか⁉」

でもこうしてあたしだけで対応できる患者さんが、最近ちょっとずつ増えている。

「まさか。時間はズラしてあるよ。じゃ、オレらは散歩に行ってくるから」

そう言うと先生は甘すぎるカフェオレを飲み干し、一気に血糖を上げた。

信用されたということで嬉しいような、なんとなく丸投げされたような、複雑な気持ちになっていると。隣でコーヒーカップを空にした八木さんに、ポンと優しく肩を叩《たた》かれた。

「大丈夫。関根さんだから」

「……ですかね」

「いよーっし。じゃあ行くぞ、颯」

「うーっす」

ふたりが当たり前のように朝の散歩に出かけて行く、不思議な午前10時前。

見送ったあとは洗い物を済ませ、自分好みのカフェオレを淹れてひとりで飲む。

これが「んん診療所」の、いつもの朝なのだ。

▽　▽　▽

ちょうど、キッチンの洗い物が終わった頃。

予定の時間ぴったりに、入口のドアが静かに開いた。

「ども、柏木です」

姿を現したのは、ストレスがかかるとすぐ胃に症状が出てしまうSEの柏木さん。

フリーランスらしいけど、今まで診療所へ来るのはお昼のランチだけ。それがこうして朝イチから顔を出すのだから、さすがの小野田先生も何か変だと思ったのだ。

「おはようございます。今日は珍しく、朝からなんですね」

「すいません。在宅勤務の日なんですけど、ちょっと……」

「あ、ぜんぜんOKですよ」

「ソファー席、いいです？　仕事して」

「どうぞ、どうぞ」

いつもカウンターに座る柏木さんが、ノートパソコンを出しながら恐縮している。

すでに柏木さんの変化に気づいてしまったのだけど、変化の理由まではわからない。

「あ……でもここ、瀬田《せた》さんの席でしたよね」

「いえいえ、指定席じゃないですし。それに今日は、来られる予定ありませんから」

「よかった。じゃあ、コーヒーください」

そういう細かいところまで気にしてしまう、柏木さん。

たぶん次のことを聞けば、変化の理由がもう少し絞れると思う。

「こんな時間ですけど、なにか朝ごはん食べます？」

「いや……朝は、家で食べてきましたので」

なるほど、朝ごはんは「家で」食べてきたと。

柏木さんはいつも、寝グセとはギリギリ別物と分類できる無造作ヘアー。毛根部に色の違いを見たことがないので、たぶん髪を染めたことはなく地毛だったはず。それが今日は髪も明るく染められ、まるで美容室から出て来たようにセットされている。

「この診察室が満席になるまで仕事してもらっても、かまいませんからね」

「ははっ、いいんですか？　仕事が終わるまで、ずっと居ちゃいますけど」

ともかく、柏木さんが「家で」朝ごはんを食べていたことが引っかかった。

すでに10時なのだから、朝ごはんを食べていても、まったく不思議はない。

でも朝ごはんを家で食べて、それから家を出て、わざわざ10時からここで仕事？　ファミレスやコーヒーショップより居心地がいいと思われるのは嬉《うれ》しいけど、あたしが知る限り、柏木さんが朝からここで仕事をしたことは一度もない。

「コーヒー、ここに置いて大丈夫ですか？」

「あ、すいません」

柏木さんにコーヒーを運んで行くと、視線を合わせることもなく一心不乱にキーボードを叩き続けている。仕事が遅れているのか、クライアントの無茶なリテイクか。そんなに急いでいるのに、家でそのまま仕事をしなかった理由もわからない。

そして近くで気づいた、このほのかな髪の香りには覚えがある。これは美容室でよく使われている、トリートメントの匂いではないだろうか。そして急にヘアモデルみたいになった髪型と髪色――たぶん眉《まゆ》にも手が入っている、この違和感はなんだ。

もちろん、柏木さんだって美容室に行くことぐらいあるだろう。けど今までそういう素振りを見たことはないし、むしろ清潔感以外は気にしないタイプの人だった。

そしてなにより、今日は火曜日。

美容室は、だいたい火曜日が定休日。

推測でしかないですけど柏木さん、家に美容師さんが遊びに来ていませんか？

しかも昨日の仕事明けから、泊まってませんか？

柏木さんが家でお仕事が「できない状況だった」と考えた方が、話はスムーズだけど。

それが新しい彼女さんなら——また過干渉《かかんしょう》女子か、束縛《そくばく》女子かもしれない。

「いいですよ、柏木さん。お仕事が終わるまで、ここに居てもらっても」

「え？　でも」

「大丈夫です。先生には、あたしから伝えておきますから」

もちろん、本人が話してくれるなら別だけど。理由を予想したところで、ここでは本人に確認することはない。

ただ居心地が良ければ、その人の居場所になっていれば、それでいいのだ。

「すいません……なんか、ダダ漏れてました？」

「いえいえ。まず、お仕事を片付けてください」

結局あたしは人の様子を観察して、予想して、それを先生に伝えているだけ。今までただの悪趣味な人間観察と質《たち》の悪い妄想だと思っていたのに、小野田先生はそれを「プロファイリング」だと大袈裟に言う。

本当のところはどうなのか、よくわからないけど。それで誰かの役に立てるのなら、それがあたしの存在理由なら、こんなに嬉しいことはない。

「関根さん……」

「はい？」

「……朝から野菜ジュースと果物を山盛り食わされて、腹が一杯なんですよね。けどそれって、朝メシとして……っていうか、オレにはそれでいいんですかね？」

食わされて――やはり誰かが家に居たのは、間違いないようだけど。

あたしは何の資格もなく、小野田先生の指示に従っているだけなのだ。患者さんから何か質問されても、適切に答えることができない。

「それは……っと、あとで小野田先生に聞いてみますね」

「あ、そうですよね……すいません、つい」

信用してもらって距離が近づくと、先生と同じ感覚で質問されることが多い。

そんな時に「プロファイラー」という資格を持っていたとしても、今の質問に答えることはできない。

あたしに必要な資格は、業務に直結したもの――栄養士の資格だ。それがあれば、この診療所では必須の栄養相談にも、少しぐらいは自分の責任と判断で答えられるはず。

そう考えると、気持ちばかり焦《あせ》って仕方なくなってしまうのだけど。

栄養士の資格に辿り着くためには、様々なハードルが待っているのだ。

▽ ▽ ▽

「はよざまーす」

大柄で髪を短く刈り上げた男性が、行きつけの喫茶店に来た感じでドアを開けた。

柏木さんと視線が合い、なぜかハッとして体裁悪そうに軽くお辞儀をしている。

そう、今日はもうひとり来る予定だったのだ。

「あ、大城さん。おはようございます」

「あれ……ボク、いいんですよね？　最近、時間と曜日の感覚がおかしくて」

「また新作、書いてるんですか？」

「Ｗｅｂの掲載ですけどね。お金になるか、まだわからないヤツですけどね」

大柄でフレンドリーで、あまりにも無害な雰囲気の持ち主で、どうしても赤いシャツを着た黄色い熊を思わせる大城さん。この診療所の常連首位を独走中の瀬田さんと同業の作家さんだけど、通っている目的は少し違って「健康ダイエット」。

先生は経過観察と報告も含めて、なぜかあたしにその管理の指示を出したのだ。

「コーヒー、どうします?」

エプロンをしながら、こんなカフェの店員さんみたいな会話でいいのか、今でも自信が持てない時がある。でもここは、それでOKな自由診療の診療所なのだ。でも、だからといって――やはり栄養士の資格があると、絶対に違ってくると思う。

でも、でも、が頭の中で繰り返されて回り始めると、止まらなくなってまずい。

自分のことより、大城さんのことに集中しないと。

「まだ今日の摂取カロリーに余裕があるんで、いつものヤツをお願いします」

「カフェオレに、ガムシロップ1個でしたよね」

「黒糖シロップ、あります?」

「ありますけど……大丈夫なんですか?」

「ふふっ、関根さん。たかだか、20kcal《カロリー》ちょっとの差ですよ?」

「えっ?　普通のガムシロと黒糖って、それぐらいしか違わないんですか?」

「食品のカロリー、詳しくなりましたよ。とりあえず、今のボクには問題ないです」

差し出されたスマホアプリのグラフを見て、その理想の形に驚いてしまう。

ギザギザの並行線だった体重と体脂肪の推移が、2ヶ月で緩やかに変化していた。

「大城さん、ホントにすごいですよね。体重と体脂肪が、キレイな右肩下がりのグラフになってきましたもん」

「ですよね。ボク自身が、わりとビックリしてます。好きな物、食べてるのに」

「好きなだけ、食べてませんよね？」

「当たり前じゃないですか。ルールは厳守してます」

「じゃあ、なにか運動でも追加しました？」

「や、全然」

「でも、パッと見た感じが変わりましたよ？」

「ですかね!? 実質2ヶ月で、6kg減ですもんね！」

つやっとした笑顔を浮かべてカウンター席で自慢そうにカフェオレを飲んでいる大城さんは、初めて会った時と比べて雰囲気が変わっていた。

もともと身長も高かった大城さんが80kg台に減量したことで、全体のバランスが良くなったのかもしれない。輪郭の丸みが減っただけでシュッとした印象になったし、顎《あご》から首のラインがそれをさらに強調している。

でも見た目以上に雰囲気を変えているのは「やればできる」という、自己評価の上昇から醸し出された「見えない自信」かもしれない。大柄で太っていたあの圧迫感は、今ではもうどこにもない。

「なによりすごいのは、この『1日2200kcal』が守れていることですよ」

「なんでもカロリーを教えてくれるスマホアプリがあったので」

昼夜逆転は当たり前で、自宅では執筆が進まずファミレスやコーヒーチェーン店を利用する派なので、自炊はゼロ。そんな人の「健康的なダイエット」をサポートするのは、正直なところ無理ではないかと思っていたけど。

小野田先生が出した指示は、とてもシンプルなものだった。

【24時間での総摂取カロリーを2200kcal以内に抑える】

その代わり。まずは今どれぐらいのカロリーを1日に摂取しているか、現実に目を背けずデータを正確に取るようにも言われていた。

あたしもダイエットで、カロリーの記録を付けたことがあるけど。あまりにも想像を超えた現実のカロリーを目の当たりにして、そっと3日で止めたのを思い出す。

「認めたくなかったですね。ボクが摂取していた1日の総カロリーというものを」

「いきなり突きつけられる現実のダメージですね、わかります」

そして日本医師会のホームページに行って、1日に消費する基礎代謝のカロリーと、仕事や生活内容から身体活動レベルを調べて、その人が1日に必要なカロリーである「推定エネルギー必要量」を計算した。

「でも関根さん、助かりましたよ。あそこで推定エネルギー必要量に合わせろって言われてたら、光の速さで逃げ出してたと思います」

「先生、まずは理想のすこし手前のカロリーを目標に指示されましたもんね」

「覚えてます？　あの時の、小野田先生のカッコいいセリフ」

「……なにか言いましたっけ」

「あれですよ、『継続できない理想に意味はない』ってやつ」

「え……？　そんなこと言いました？」

「や、あのカッコいいセリフ。著作権とか、全部譲渡《じょうと》してもらえないかなぁ」

「著作権……別に、勝手に使っていいんじゃないですか？」

「いやいや、ダメです。親しき仲にも礼儀あり。そのあたりは、ハッキリしないと」

「このダイエットがうまくいった理由って、大城さんのそういう真面目な性格があったから、っていうのも大きいんじゃないですかね」

「や、それは関根さんに教えてもらった『1日4回食』の安心感の方がデカいです」

1日4回食——それは今までのように食べられなくて空腹になるなら、1日4回でも5回でも食べろという意外な方法だった。

ただし、24時間で推定エネルギー必要量を越えてはダメ。逆に言えば大城さんなら2200kcalを越えなければ、朝、昼、夕、夜食で、それぞれ平均的に550kcalずつ4回食べてもいい。極端な例だと、朝食に100、昼食に200、夕食に1400、夜食に５００ｋｃａｌ食べてもいいということだ。

「あのルールがあったから、続けられた感はありますって」

「他のダイエットよりシンプルで、まずは結果を出すための入門って感じですよね」

何時に食べると脂肪になりやすいとか、消化がどうのとか、何を食べたら太るとか、そういう細かいことを気にするからダイエットは続かないと先生は言う。

「とりあえず２２００ｋｃａｌだけ守ればいいんだ、いま腹が減ってても、あと１回、何時に、何ｋｃａｌ食べられるっていう心の余裕。これは『心も健康でいられるダイエット』だと思いましたよ。ホント、関根さんには感謝です」

そう言ってもらえるのは、すごく嬉しいのだけど。

今日もまた少し、心苦しくなってしまう。

「あ……でも、あれはあたしが考えたんじゃなくて」

「さすが栄養士さんですよね。極《き》める角度が違う」

ここでもまた、心の柔らかい部分がチクリと痛む。

あたしに栄養士の資格があれば、なんでもない会話なんだけど。

「いや、あたし……栄養士じゃないんです」

「そうでしたっけ？」

「そうなんです」

「ま、ボクはまったく気にならないですけどね」

小野田先生からは「医師の指示の下でやってるからいい」と言われているけれど。

いくらここが診療所に見えなくても、人の健康に関与しているのだ。どう考えても栄養士の資格がなくては体裁が悪いというか、あるべきだと思う。

「できればなんですけど……この診療所でのポジションっていうか、役割として【医師・小野田】【薬剤師・八木】に続いて、ぜひ【栄養士：関根】になりたいんですよね」

「あー。言われてみると、その方が『ユニット』みたいでカッコいいですね」

「でも専門学校の学費が、どうにも……」

そんなことを大城さんと話していると、勢いよく入口のドアが開いた。

いつもより、ちょっと早いお帰り――つまり今日は、負けたのだと思う。

ただしひとりということは、八木さんはまだ勝負を続けているということだろう。

「やぁ、大城さん。なんの話してんの？　楽しそうじゃん、オレも混ぜてよ」

「あ、先生。関根さんが、栄養士の」

「や、あの、大城さん!?」

「……はい？」

大城さん気づいて、先生には黙っていてください！

今はまだ学費の問題が、ぜんぜん片付いていないので！

「え、栄養の話を、してたんですよね⁉」

それを聞いて大城さんの眼が、しゅしゅっと左右に素早く動いた。

その間、わずか2秒。

「そう、でしたね。わたくしちょっと、問題を抱えておりまして。はい」

「なになに、栄養の問題って。関根さんでも解決できないようなヤツ？」

「これからちょうど、その話をしようかと。ですよね？　関根さん」

「ですね、はい」

あたしの目力《めぢから》が通じたのか、ギリギリ嘘《うそ》のない会話で逃げ切れた。

大城さんがいい人で本当に助かったし、先生が本当に気づかない人で良かった。

「へー。それ、どんな問題なの」

もちろんホッとしたのは、栄養士の話がバレなかったことだけでなく。大城さんから何か質問されても、先生がいれば答えに困ることがないからでもある。

「実はボク、外食のラーメンに問題を抱えていて——」

そう。こういう質問にも、なんて答えていいのか分からない。

再び脳裏を駆け巡る、栄養士の資格への焦り。

「問題って……ラーメン、食べればいいじゃない。そういう管理方針にしたじゃん」

記録された体重と体脂肪の推移グラフ、毎日の摂取カロリー表に目を通しながら。

小野田先生は、カウンターの内側には入らず大城さんの隣に座った。

「──あ、ここです。表示されている、カロリーを見ていただけますでしょうか」

スクロールする先生の手元を、ついあたしものぞき込んでしまう。

「なっ、ちょ……このカロリー表示、正しいの？」

「大好きなんですよ、このお店。あとここの唐揚げ、ガーリックが入ってるんです」

「待って、待って。それより大城さん『毎日』ラーメンを食ってないか？」

「や、ライスは小盛り120gで、202kcalなんですけどね」

「いや、ラーメンの話」

「……食ってますね、毎日」

「この『ごっそりラーメン（並）』が949kcalだろ？　鶏の唐揚げが217kcalで？　ご飯と合わせたら、昼の1食で1368kcalなんだけど」

2200から1368を引くと、残832kcal。大城さんはそれを、そのあと何食分に割り当てたのだろうか──の前に、驚く事実を見逃していた。

これはすでに、大城さんが「食べちゃっている」記録。

つまり毎日ラーメンを食べながら、体重と体脂肪は右肩下がりになっていたのだ。

「ボクって16歳の頃から、ほぼ毎日1回はラーメンを食べてるんですよね」

「毎日？　今日まで？」

「なんていうか……生きて行くうえで、唯一の楽しみに近いものがありまして」

「すごいカミングアウト来たね。いや、別に受け止められるレベルだけど」

そう言って小野田先生は、あたしにコーヒーをブラックで欲しいと頼んだ。

先生がそれを飲みたがる時は、わりと悩んでいることが多いと思う。

「でも執筆に入ると、どうしても間食が増えるんです」

「それで正しいと思うよ。血糖を維持しないと、頭は回らないから」

「でもチョコって、異常にカロリー高いじゃないですか」

「え……糖分は、チョコじゃなきゃダメなの？」

「チョコは、はずせないですね」

「あー、これか。チョコレートアイス117kcalなら、なんとかなる……あ、カフェモカのフラッペ330kcalは……」

再び大城さんのスマホ記録をスクロールした先生は、明らかに渋い顔をしている。

「先生。ボク、どうしたらいいですかね。なんとか2200kcalは死守したいんですけど、これから書籍化を狙《ねら》って執筆しなきゃならない毎日が続くんです」

「〆切りはいつなの？」

「〆切りなんてありません」

「え？　なにそれ」

「書籍化するか心が折れるまで続く、ポイントとブックマークの獲得合戦です」

「ごめん、ポイントとブックマークって……なに？」

大城さんは瀬田さんと違い、自由に小説を掲載できるＷｅｂサイトへ毎日連載を続けているらしかった。

そこでは登録すれば誰でも自由に書け、読むだけなら登録すらしなくてもいいという。

そして書いた人は作品を読んだ人から賞賛のポイントをもらったり、続きを読みたいという意味でブックマークを付けてもらったりして、それらを元にその作品のランキングが決まるらしい。

最近ではそのランキングに目を通している、出版社や編集の人も多いらしく。上位ランキングに名を連ねている作者には、編集者から書籍化の打診が来るのだという。

「へー。最近の出版って、そういうのもあるんだ」

「まぁ今では、ひとつのジャンルになってますね。ただ、そのランキングに名前を載せるまでが険しすぎて……とりあえず毎日４０００字ぐらいの更新、連載開始時はそれを１日３回更新する時もザラにあります」

「そ、そうか……ずいぶん書き手には、ハードなジャンルなんだな」

「ゆえに、チョコが止まらなくて」

また動揺しながら、コーヒーに口を付けた先生。

要は「毎日ラーメンを食べたい」し「執筆中の糖分はチョコがいい」けど、それだとさすがに1日2200kcalを越えそうだということ。

これに対して、いったい先生は――。

「関根さんなら、どうする？」

「――あたしですか⁉」

それを聞いた大城さんが、キラキラした瞳でこっちを見ている。

まさか先生は、あたしを試しているのだろうか。

「ラーメンは16歳の頃から、唯一の楽しみ。糖分はチョコがいい。でも、1日2200kcalに抑えたい。どう考えてもラーメンのカロリーは最大のネックになるだろうし、これからは執筆中のチョコも増える一方になりそう。関根さんなら、このカロリーコントロールをどうするか参考にしたくてさ」

ものすごい勢いで、頭の中が回転を始めた。

せっかく右肩下がりに減っている体重、唯一の楽しみがハイカロリー、糖分はチョコ、執筆は期限不明、やればできるという大城さんの自己評価の上昇――。

ラーメンを毎日食べなければいい、と言うのは簡単なこと。

そもそもこれを止めさせられない、止める説得のできない人間が、栄養士を目指すのは無理なのかもしれない。もちろん栄養のバランスも、あたしには考えられない。

それでもすがるような大城さんの目が、あたしにひとつの答えを出させた。

「……ラーメンは、ＯＫにしてはどうでしょうか」

大城さんの目が大きくなり、第一関門を突破したような表情になった。

でも全部ＯＫにすることは、計算上できない。

「なるほど、そう来たか。じゃあ、チョコは？」

「申し訳ありませんが、他の糖分で……小分けにして置き換えてもらいたいです」

大きくなった目と一緒に、今度は大城さんの口が開いた。

顔全体が「なぜだ！」と全力で抗議している。

「その理由は？」

「ラーメンは、たぶん大城さんの一番の楽しみなんだと思います。実際に今日まで毎日食べていても、２２００ｋｃａｌは守られてました。でもチョコとは、どうやっても両立できません。大好きなラーメンの代わりはないかもしれませんが、糖分の補充は別のカロリーが低い物で代えが利きます。それを小分けに摂取してもらい、原稿を書き上げた時などの『ご褒美《ほうび》』として、チョコは1回だけＯＫにしてはどうかと」

きゅっとコーヒーを飲み干して、小野田先生は満足そうな笑みを浮かべた。

「いいね。ね？　大城さん」

「はい！　チョコも絶対ダメじゃなく、ご褒美という目標があれば！」

その人にとって、それがどれほど価値があるかなんて、他人には絶対わからない。

あたしは大城さんの性格と記録から、ラーメンさえ許してあげれば、他はきっと頑張ると信じている。バランスよく、ご褒美として納得してくれると思う。

「オレ、そういう関根さんの発想が好きなんだよね」

「えっ……これが正解なんですか？」

「ダイエットを続けるっていう意味では、これで全然ＯＫだと思うよ。けど――」

先生は真顔で、隣の大城さんをのぞき込んだ。

「――大城さん、尿酸値《にょうさんち》が高くない？」

「おや……？　先生は、なぜそれをご存じで？」

体裁が悪いのか、開き直ったのか、大城さんはおかしな口調になった。

「いやいや。今までの話から考えれば、普通に辿り着くんだけど」

「や、病院から出された『フェブキソスタット製剤』？　は、飲んでますよ？」

「やっぱり、どこかの内科には通院してたんだ。血糖とかの糖尿系は？」

「あ、それは大丈夫みたいです」

「非プリン型選択的キサンチンオキシダーゼ阻害剤を飲みながらラーメンを食う、か……勧められたモンじゃないけど、オレ個人としては嫌いなスタイルじゃないかな」

確か尿酸値は父さんも高くて、放っておくと痛風になると言われた記憶がある。

つまり、あたしの理解できた範囲で話をまとめると——。

大城さんは尿酸値が高くて痛風になるかもしれないけど、薬を飲んで尿酸値を下げながら、尿酸値を上げる原因になるラーメンを食べ続ける、ということになる。

それを先生は、許可するというのだ。

「でも先生、聞いてくださいよ。今の病院の先生、めちゃくちゃ厳しいんですよ」

「たぶん、正論しか言わない医者っていうだけじゃないかな」

「それに食事指導の栄養士さんなんて、鬼ですよ、鬼」

「たぶん、それも正論を言ってるだけの人だと思うけどね」

「ボクは断然、関根さんがいいと思います！」

「うん、了解。大城さん、了解したから熱くならないで？」

「や、すいません……つい、ここで薬とかも管理して欲しくて」

無資格のあたしがいいと熱弁されて、聞いている方が恥ずかしくなってしまう。

それを見て、小野田先生もニコニコしているし。

「それは全然ＯＫなんだよ。前医の紹介状がないと診てもらえない、なんてのは都市伝説だから」

「えっ、そうなんですか⁉ 今までの経過とかは、要らないんですか⁉」

「採血結果のコピーとお薬手帳があれば、あとは患者本人から病歴をイチから聞き直すのが普通の初診だね。紹介状はその時の『参考』程度かな。よほどのお年寄りとか、患者さん本人すら経過がうやむやになってるとかは困るけど……そもそもオレ、若い頃に『他人の評価を鵜呑《うの》みにするな』ってトレーニングされたしね」

「どこの病院でも、紹介状なしでOKなんですか？」

「総合病院や大学病院は、紹介状がないとかなりお金がかかるか、最近では受診お断りもアリになってるけど。基本的には病院って、来る者を拒《こば》んじゃダメなのよ」

「じゃあボク、ここの診療所に変えてもいいですか？」

「もちろん」

「明日は薬をもらう日なんで、ちょうど病院に行くんですよ。その時、なんて言って来ればいいですか？」

「黙ってフェードアウトすればいい」

「……え？　冗談抜きで？」

「病院には引き止める強制力なんてないから、去る者は追えないの。だいたい開業クリニックや個人医院で『病院を変えたいです』って言える？」

「ほぼ、言える自信はないです」

「だからどうしても紹介状が欲しい時とか、どうしても病院を変えたい時はもう、めんどくさいから『他県に引っ越します』って言えばいいんだよ」

「そ、そうきましたか……」

「だって急な引っ越しって、フツーにあることでしょ。どこの病院に行くかまだ決まってませんって言っとけば、紹介先病院の欄は空白で、担当医師名の欄は『外来担当先生御侍史』って書くさ」

これはちょっと、あたしにも衝撃的な事実だった。

病院を変えるときのマナーというより、裏技に近い方法ではないだろうか。

「でも、大城さん。ここでダイエット以外も管理させてもらうなら、1回は健診レベルで全身をスクリーニングさせてもらうけど、いい？」

「よろこんで！」

満面の笑みを浮かべて、居酒屋のようなかけ声を出してしまった大城さん。

それを眺めながら、ようやく先生がカウンターのこちら側に戻って来た。

「先生。ホントにあたしの案で、良かったんでしょうか」

「正論だけじゃ、続けられる人も続けられない。継続できない理想に意味はないし」

「じゃあ、やっぱり厳密には……」

「オレは、これでいいと思ってる」

「……え？」

「ダイエットもそうだけど、短期間で解決できないものってさ。バランスを取りながら、その中間点で折り合いを付けながら、管理してあげたいよね」

「あたしには、よくわからないですけど……医学的には大丈夫なんでしょうか」

「その人からダメな要因をすべて奪って、エビデンスに基づいた正論だけを押しつけて治療結果を出す。そういう医学が成立するのって、教科書の上だけじゃない？」

はたから見ればテキトーにしか見えない小野田先生が、常連さんたちからは絶大な信頼を得ている理由。それはたぶん、こういうところなのだと思う。

「それよりさ。あっちのソファーで脇目もふらずにキーボードを打ってる、哲ちゃん。あれ、なにがどうなってるの？」

「あ、柏木さんですよね。実は――」

そんな小野田先生と「んん診療所」のためにも、あたしはもっと役に立ちたい。

やがてそれは強い焦燥感から、危機感に近いものへと変わっていった。

▽　▽　▽

相変わらず朝の散歩に出て行く、小野田先生と八木さんを見送ったあと。

今日は患者さんの来る予定がなかったので、カウンター内にある診療用のＰＣを使わせてもらい、ちょっと調べ物をすることにした。

「栄養士……資格……っと」

優雅にカッコ良く、自分で淹れたカフェオレをモニターのそばに置いて、リターンキーを叩きたかったけど。

前職で紙コップのコーヒーを思いっきりこぼして、キーボードとプリントアウトした資料を台無しにした挙げ句。引き出しの隙間《すきま》から入り込んだコーヒーで、お気に入りの文具から大事なメモ帳まですべてを失った記憶がある。

過ちは二度と繰り返しません。

「へーっ。栄養士と管理栄養士の、2種類があるんだ……」

栄養士の職場で代表的なのは、保育園、幼稚園、学校、病院、介護福祉事業所などの給食施設。仕事の内容は健康的なメニュー作りから衛生的な調理管理、食生活のアドバイスなどで、簡単に言うと「健康な人」をサポートするのが中心らしい。

「……健康な人？」

だから患者さんや高齢で食事が摂りづらい人を対象とした業務が中心なのは、栄養士の上位資格である管理栄養士。

どうやら、国家試験に合格しなければならないらしかった。

「あたし、管理栄養士でないとダメじゃない？　あ……診療報酬の請求をしなければ、栄養士さんが管理栄養士さんと同じ業務をしても、法律違反にはならないんだ」

そんなレベルで栄養士さんについて知らなかった、自分がとても恥ずかしい。

気持ちばかり焦って、なにをしていたのやら。

「で。問題は、資格の取得方法だよね」

栄養士の資格取得のためには、厚生労働省が指定する栄養士養成施設を卒業することだと、サイトのプレビューに載っていた。

その栄養士養成施設とは、4年制大学、3年制なら短期大学と専門学校、2年制も短期大学と専門学校。

もし管理栄養士を目指すのだとしたら、最短でも4年制大学を卒業し、国家資格を取らなければならないのだ。

「まぁ、今さら大学入試とか国家試験とか言われても……正直、考えたくないよね」

学校と名の付く場所で、やっていけるのかすら自信がないというのに。

あたしにとって管理栄養士の国家資格なんて、選ばれた者だけの狭き門だ。

そんな揺らぐ心を、さらに根元から折りに来る文字が目に飛び込んできた。

「えっ⁉　なにこの学費――」

高校2年生ぐらいの頃から、進学するのは何でも高いと感じていたけど。

社会人になって改めて見ると、その金額が切り立った崖《がけ》のように思えてならない。

「――300万⁉」

それはテレビでも有名な料理人をたくさん送り出している専門学校だから、だと思ったら大間違いで。ざっと見た範囲では、だいたい同じ300万だった。

「ちょ、うそでしょ……待って、栄養士、専門学校……学費……安い、っと」

2年制専門学校の学費ランキングを見て、ちょっとだけホッとしたけど。それでも200万は用意しなければならない、という事実を突きつけられた。

そして意外に問題だったのは、その学校の立地で。

「え……青森？　京都、島根……近くても群馬、茨城……あ、所沢《ところざわ》があった」

大田区にも見つけたけど、それはもう250万円近くになっている。

だとすると所沢一択になる。ここからならとりあえず西武新宿線まで出てしまえば、通学はなんとでもなる場所ではある。

「けど合格時に67万、後期に50万……これが初年度で、約120万。2年次は50万、50万で100万。ほかに行事、研修、教科書諸々……まぁ、そうだよね。全部込み込みで220万、ってわけにはいかないよね」

2杯目になるけど、カフェオレを淹れさせてもらおう。

ちょっと無になりたいので、コーヒー豆は手でガリガリと挽くことにした。

ミルクフォーマーで泡立てて温めた牛乳に、フレンチプレスで4分抽出したコーヒーを混ぜ。ひとくち飲むと、思わず大きなため息が出てしまった。

「しかし、最低220万……か」

ふたくち飲んだところで不意にスマホが振動して、珍しい名前を画面に浮かべた。

「あれ、どうしたんだろ……え、なんかヤだ……すごく、嫌な予感がする……」

スマホの文字は【関根晴美《はるみ》】——母さんだったけど。

父さんの病状が落ち着いて以来、そんなに電話をしてくることはなかった。

まさか、また父さんが？

「もしもし、どうしたの？」

『あ、菜生《なお》？　元気にしとった？』

「まぁ、風邪《カゼ》も引かずに元気だけど……まさかそっちで、何かあったの？」

こういう直感は当たるものだけど、思ったより母さんの口調は動揺していない。

ただ、誰かに話さないと——特にあたしが聞いてあげないと、また耳鳴りがひどくなるような話ではあるのだろう。

『いやいや。お父さんの心臓は、えらい元気なんじゃけど……』

「なに。父さんの健康以外のこと？　それともまさか、母さんのこと？」

『ウチ？　ウチは元気よね。この間もかかりつけの病院に行って血の検査したら、先生に「こりゃあまだ40代ですねぇ」いうて言われたばっかりじゃけぇ』

「まぁ、それは良かったんだけど」

なかなか本題に入らないあたり、命に関わることではないらしいけど。

わりと深刻な話には違いない。
『実は……お父さんの会社、部署が色々と統廃合になってね』
「統廃合？　って言っても、父さんの営業には関係ないでしょ」
『お父さん、製造ラインの担当になったんよ』
「せ――製造⁉」
営業一筋でやってきた父さんに、製造ラインなんて務まるとは思えなかった。
会社は父さんの性格を見抜いていて、キレて辞めるのを待ってるんじゃないの？
それって、希望退職の肩叩きと同じじゃないの？
『それで、給料なんかも半分になってしもうてから』
その言葉を聞いて、心の柔らかい部分がチクリと痛んだ。
――娘の結婚式のために貯金をしているのではないか。
そんなことなどまったく考えていなかったと、断言できない自分が恥ずかしい。
いわゆる「金の無心《むしん》」が、一瞬だけ脳裏をかすめていたことは素直に認める。
この電話は、そんなあたしを罰するための電話だったのかもしれない。
「それで母さん、家の貯金とかは大丈夫なの？」
『貯金はまぁ、よっぽどのことがない限り大丈夫なんじゃけど……』
通帳残高が27万円のあたしが心配するのも、どうかと思うけど。

返ってきた言葉は意外なものだった。

『……お父さんが毎日、定時で帰ってくるんよ』

「そりゃあ製造ラインって、そういうものだと思うけど……仕事がつまらないとか、母さんにグチるの？」

『いやいや。なんか、上手にやりよるよ。逆に製造ラインの部署が明るうなったいうて、評判もええみたいじゃし』

「あー、完全に『営業のノリ』なんだろうね」

『それより、あんたに影響されたんかねぇ。家で「ワシも料理を作る」言い出してから。置く場所もないのに調理器具やら包丁やら買うし、勝手に買い物へ行って要らんもんをようけえ買うてくるし――』

それは時間を持てあました夫が、最後に辿り着く場所としてよく聞く話で。思いついたように始めた趣味が、妙に形や道具から入ってめんどくさいという。

父さんもそれにもれず、やたら調味料を買ってくるけど1回使って終わり。そのくせ捨てるわけじゃないので調味料棚を買い足して、台所がさらに狭くなったらしい。

そんな母さんのグチを聞いてあげて、また何かあったら電話してよと切った。

これで何があっても、実家には頼れないことが確定した。

「となると王道は、バイトか。たしか小野田先生は、あたしを正社員にしてくれた時に

『兼業可』と言ってたけど……」

冷静に考えると、正社員で兼業可は非常にありがたい。

特にこの診療所の表記診療時間は、月曜から金曜の朝10時から午後17時まで。土日が休みで完全週休2日という、どこの求人を探しても見当たらない勤務条件。

あたしは平日なら18時以降で、あとは土日がバイト可だけど。そんな都合のいいシフトを許してくれるバイトが、あるだろうか。

シフトにこだわらないとなると在宅ワークも考えられるけど、時給はどうだろう。その前に在宅といっても、すごい仕事量が一気に送られてきたらどうしよう。それを納期に間に合わせる自信もないし、診療所の仕事にも支障が出てしまいそうだ。

それも避けたいとなると、あとは平日夜のバイト。

すぐに思い浮かぶのはキャバクラなどの「お水系」だけど、あたしにはまずムリだと思う。それができるなら、もう少し上手く前職の営業もできていただろう。

「……バイトの求人、ネットと雑誌で探してみるか」

ほぼ冷えてしまったカフェラテを飲み切って、流しで水に浸したあと。ＰＣモニターに表示されたバイトの検索結果を眺めて、ため息が出た。

時給が安い、シフトが合わない、なんでも応相談と書いてあって逆に不安など。

「お金って、ホントに大事だなぁ……」

当たり前のことをボヤいていると、いきなり入口のドアが開いた。

冷たい風と共にやたら元気にご帰宅され、機嫌の良さが思い切り顔に出ている。

「関根さん、ただいまーっ！　今日はもう、昼から駅前で飲んじゃおうぜ！」

時刻は、いつもより少し遅めの12時半過ぎ。

ご機嫌とあわせて考えると、今日はわりと勝ったのだろう。

「八木さん。今日は先生の『お散歩』の調子、良かったんですか？」

「まぁ、引きは強かったよね」

「颯だって朝イチに引いたレア役で、チャンスゾーン解除したじゃん」

「それ、関根さんが聞いても理解できないよね」

もちろんあたしが分かるのは、勝ち負けだけ。その日の勝ち負けを言われても、あまり興味はなかったのだけど。小野田先生はマジメにスロットの収支を付けていて、月単位ではだいたいプラス。年単位では、この数年は毎年プラスだという。

朝からふらっと駅前のパチンコ屋さんで、せいぜい2時間ぐらいスロットを打ち。お昼から駅前へ飲みに行くお金を持ち帰ってくる、小野田先生。

「……はぁ。お金って、何なんですかね」

思わず出てしまった言葉に、先生と八木さんはキョトンとしている。

1万円の価値がこれほど揺らいだことは、今までなかったかもしれなかった。

▽▽▽

朝の空気がだいぶ乾燥して、冷たくなってきた。

先生の話だと、乾燥と寒冷は様々なウィルスが活発になる条件らしく。ウィルスを減らしてくれていた紫外線が夏から冬にかけてどんどん減っていくので、いろんな感染症が増えるのは仕方ないことなのだという。

「今日は、誰も来ない日だよね……」

あたしにとって、メモで確認するのは基本中の基本。

ともかくメモに残しておくことがミスをなくす最低条件だと、前職の6年間で学んだ。

もちろんそんなことをする必要がない人はたくさんいるけど、あたしにはこれが一番効果的だったのだ。

元気があっても何でもできるわけじゃないけど、メモさえあれば何とでもなる。

メモを取るのは、もうあたしの条件反射と言えるのではないだろうか。

「……うん、予約なし」

小野田先生と八木さんを朝の散歩に送り出し、キッチンの洗い物も済ませた。

患者さんの予約も入っていない。

どうやら今日は、あたし好みのカフェオレを淹れてゆっくりできる午前らしい。

「そういえば大城さん、カフェオレに黒糖シロップを入れてたな」

初めてカフェオレに黒糖シロップを入れたのは、たしか沙莉奈《さりな》さんの時だった気がする。コクのある優しい甘さになる「はず」だけど、実は自分で味見をしたことがない。

背伸びをして上の棚へ手を伸ばし、踏み台がないと危険かなと思っていた時。

入口のドアにはめ込まれたスリガラスに、人影が透けていることに気づいた。

「……ん？」

ドアを開ける素振りも、入るかどうか迷っている様子もない。宅配便の人が荷物で手を塞がれて、どうやってドアを開けるか困っているワケでもなさそう。

ちょっと、気味が悪い。

今まで経験したことのない状況は、人を不安にさせる。

でもここは、んん診療所。もしかしなくても、患者さんの可能性は非常に高い。ましてや新患さんなら、この外観を見て迷いなく入って来る人の方が少ないだろう。

実際、あたしもそうだったし。

とりあえず気分を「お仕事モード」に切り替えるため、まずはエプロンをする。これはあたしの制服で、やる気スイッチで、覚悟の装束《しょうぞく》だ。

あとはカウンターを出て、元気にドアを開けてみるしかない。

「おはようございます、んん診療所の関根と申します。今日は、どう……され……」

最初に圧倒されたのは、その男性の視線――というか、目そのものだった。彫りが深いというよりは窪《くぼ》んでいて、目の下にはうっすらと隈《くま》がある。

張り出した頬骨《ほおぼね》も目立ちすぎて、結んだ薄い唇の印象もあってか、全体的には若いはずなのに年齢不詳としか言いようがない。少なくともシュッとした輪郭とは言えず、どちらかというと「痩《や》せ男《おとこ》」という表現がぴったりだろう。

見てすぐに高級だと分かる服装は、黒いチェスターコート、襟シャツの上にえんじ色のニット、タイトというか細すぎる濃紺パンツに、高そうな革製のローファー。高級である以上に、上品だという印象の方が強い。髪もツヤ系整髪剤で整えられたツーブロックで、清潔感がある。

それなのに、やはり威圧的で恐いと感じるバランスの悪さ。

なによりそんな目でこっちを見据えたまま、微動だにしないのだ。

「……あの、なにかご用でしょうか」

返事がない。

外国の方には見えないけど、英語で何か話しかけてみるべきだろうか。

前職で覚えた挨拶《あいさつ》を必死に思い出していると、痩せ男がようやく口を開いた。

「失礼。ここは、診療所《せ》で間違いないかな？」

その声はなぜか人を急かすような印象で、圧迫感すら伴っている。それは敵意に近いのかもしれないけど、なにがそうさせているのかさっぱりわからない。

「はい。わかりづらいですけど『んん診療所』といいまして、自由診療の」

「ここか……」

眉間《みけん》にしわを寄せた痩せ男だけど、そもそも最初から眉間にはしわが刻まれていた。これも人相を悪くしている要因というか、相手に圧迫感を与えている原因だと思う。人の会話を途中で遮ることで、それに拍車がかかっている。

「あの、どちら様でしょうか」

「中に入っても？」

どうしよう、めちゃくちゃ悩む。

立ち話は失礼な気がするとはいえ、だからといって「はいどうぞ」と中に入れたくない。それにこの痩せ男、患者さんかどうかもまだ分からない。

なぜこんなに悩んでしまうのか情けなくなってくるけど、ともかく恐いのだ。

「失礼ですが……本日は、どのようなご用件で」

「あなたは私に、ここで立ち話をしろと？」

心の柔らかい部分に、ビリッと電気が走った。

これは前職で培《つちか》った「クレーマー警報」が鳴っている証拠。おそらくあたしの一挙手一投足、口に出すひとことで、これからの展開が決まってしまうだろう。

「いえ、そういう意味ではないんです」

「ここは民家ではなく、診療所。しかも今は、私の記憶が正しければ表記診療時間内のはず。なのになぜ私はこの入口らしきドアから中に入れてもらえないのか、説明してもらえるだろうか。それとも、私が不審だと？」

淀みなく痩せ男の口から漏れ出した、早口な正論。話している間もあたしから視線を外すことはなく、むしろあたしが視線を逸《そ》らすのを待っている感じすらある。

こちらからどう出るか、悩んでいる時間はほとんどないだろう。待たせれば待たせるだけ、次の正論をぶつけられて長引くのが定石なのだから。

「失礼しました。どうぞ、こちらへ」

入れるしかない。いったん引いて、押し帰すのはそれからだ。急がば回れは、クレーム処理の基本中の基本。たぶん急げば悪い方向に転がって、倍以上の無駄な時間が発生すると思うけど。

この痩せ男、何のために来たのかすら分からないのが問題だった。

「ここか……」

また同じことをつぶやいて、店内というかカウンター診察室内を隅々まで観察する痩せ男。ソファー席に座るのかと思ったけど、なぜか直前で止めた。もうひとつのソファー席も見ただけで、近寄りもしない。

かといって手近なカウンター席に座るでもなく、4つしかない椅子をジロジロ眺めて何かを確認しているようだった。

「あの……お好きな席に、どうぞ」

「まるで飲食店だが、それにしてはテーブルに汚れが目立つのはどうかと思う」

舅《しゅうと》か——とは口が裂けても言えないけど、神経質なのだけはわかった。

こうしてひとつずつ痩せ男の構成要素を集めて、素性を推測していくしかない。

「申し訳ありません。患者さんの来院予定がなかったもので、大変失礼しました」

サッとふきんを出して目の前のカウンターを拭くと、ようやく痩せ男はチェスターコートを脱いで座る気になってくれたらしい——のに、まだ座らない。

あたしをじっと見たまま視線で何かを訴えているけど、理解できなくて困る。

「えっと……？」

「コートは？」

「あっ、こちらで……お預りするスペースがないので、その」

どうしよう、まさかの「コートお預り待ち」だったとは。

その辺か隣の席にでも、置いてくれないかな。

ここはそういうお店じゃないし、自分でも「ここは診療所」と言ったくせに。

「ハンガーすら、ひとつもないと？」

「お、お待ちください。今、お持ちします」

慌てて適当なハンガーを持って来て、壁際の小さな出っ張りにコートを掛けた。

長い、入って来て座るだけでこのざまとは気が滅入る。最初の警戒心と恐怖心が、次第にげんなりとした嫌気に変わっていくのがわかる。この流れだと、なにか飲み物でも出さないとダメなパターンかもしれない。

待てよ、この流れ——なんかもの凄《すご》く記憶に新しい気がするのは、なぜだろうか。

「お飲み物は、コーヒーでよろしいですか？」

「エスプレッソのお湯割りを」

「すいません、フレンチプレスしかなくて」

「そこにあるのはエスプレッソ・マシーンだと思うのだが、私の勘違いだろうか」

「あ……っと、その……わたしが上手く使えないものでして」

「物はあるのに手技として使えないというのは、斬新《ざんしん》だな。では、ペリエでいい」

「ぺ……？」

急いでググったら、小洒落《こじゃれ》た感じの炭酸水のことだった。

めんどくさい、この痩せ男は真剣にめんどくさい。

小野田先生、今日もさっさと負けて早く帰ってきてくれると助かるんだけど。

「いや、もうドリンクは結構。さっさと本題に入らせてもらっていいだろうか」

「申し訳ありません」

長引かせたのは、あたしのホスピタリティが足りないせいなのだろうか。

ともかく早く終わらせたい——この感覚、やっぱり記憶に強く残っているヤツだ。

「それで、小野田玖真はどこに？」

素早く目だけを動かして、周囲を見渡した痩せ男。

それより問題なのは「先生」も「院長」も付けず、小野田「きゅうま」と読み間違いもなくフルネームで呼んだことだ。ここが診療所だと知りながら、大人が大人を相手にして敬称を付けないのは、それほど許されるものではない。

ならばこの痩せ男は、小野田先生と同期の医師なのか。

いや——医師はたとえ同期でも、第三者の前では「先生」を付けて呼ぶことを、前職の経験で知っている。それが後輩でも、せめて「くん」は付けて呼んでいた。

これで小野田先生との関係は、まったく想像できなくなってしまった。

「それが、ただいま外出しておりまして」

「連絡を取ってくれ」

当然のような顔をして、痩せ男は「さあ電話をかけて」と手で催促する。

これではまるで、テレビドラマで社長が秘書に指示を出しているシーンみたいだ。

「すいません……もしよろしければ、ご用件をお伺いしても」

「あの男は、連絡手段も持たずに外出しているのか？　平日の診療時間内に？　あり得ないだろう。すぐに連絡を取ってもらいたい」

「申し訳ありません。連絡は取らせていただきますが、せめてお名前とご用件をお伺いしないと、先生へお取り次ぎする時に」

小野田先生に敬称も付けず「あの男」と呼ぶ痩せ男。

舌打ちこそしなかったものの、露骨に嫌な表情を浮かべていた。

「大城という患者の件で、修一《しゅういち》が来たと言えばわかるはずだ」

大城って、まさかダイエット管理をしている、あの大城さん？

だとしたらこの痩せ男、もしかして大城さんの言っていた「元主治医」⁉

そうか。次第にげんなりしてきて気が滅入り、めんどくさくて早く終わらせたい、この感じ——これは前職で、院長や事務長を接待していた時に感じていたものだ。

待てよ、なんで自分の名字じゃなくて「修一」って下の名前を名乗ったの？

それに修一という響き、どこかで聞いた記憶があるのだけど。

いや、今はそれより大城さんのことが問題だ。

「大城健弥《けんや》さん、という男性患者さんのことでしょうか」

「山ほど患者を診ているんだ。下の名前まで、覚えていられるはずがないだろう」

「ですが当診療所に来られる大城さんという方は、その男性だけでして」

「そっちの事情はいい。ともかく肥満で高尿酸血症で、栄養指導をしていた大城だ」

間違いない、あの健康ダイエット中の大城さんのことだ。

大城さんは真面目だから、小野田先生が「黙ってフェードアウトすればいい」と言ったのに、わざわざ転院することを伝えたのかもしれない。

それで腹を立てて——いや、医者がわざわざ文句を言いに出向いて来る？

自称「山ほど患者を診ている」のに、自分の患者が他の病院へ逃げるたびに？

じゃあ、なんで大城さんだけ特別なの？

少しもピースの噛《か》み合わないパズルは、なにも予想できなくて最悪だった。

ただひとつ言えることは、あたしも無関係ではいられないということ。それどころか大城さんのダイエットに関して、あたしは前面に立って担当していたのだ。

小野田先生にクレームが行く前に、止められるならあたしの所で止めるべきだ。

「あの……大城さんの件というのは、どのような内容でしょうか」

「すまないが、私はそれほど時間に余裕がない。今日もわざわざ代診《だいしん》を立ててこの診療所へ来ているんだ。小野田玖真に連絡を取ってくれれば、あとはあなたには無関係な話だ。電話でもメールでも、なんでもいいから連絡をしてくれないだろうか」

丁寧《ていねい》なようでいて、言葉の端々で人をバカにしている。

でもこれは、あたしに「無関係な話」では絶対に済まされない。

「大城さんのダイエットに関してでしたら、わたしも一緒に考えましたので」

それを聞いた瞬間、Dr痩せ男は窪んだ目を再びギョロッと見開いた。

「あなたなのか。あんないい加減で、医学とかけ離れた指導をした栄養士は」

気も強くないのに無謀な戦いを挑んだと、あたしはすでに後悔し始めている。

でもあのプランは、あたしが出して小野田先生が採用しただけ。あくまで考えたのは、あたしだということに変わりはない。ましてや大城さんには、何の罪もない。

「はい……ですが、あの……わたしはですね」

「患者に管理方針を聞いたが、あれはなんだね。ネットで流行《はや》っている民間療法なのか？

国家資格を持っている管理栄養士の考えることとは、とても思えない」

「いえ、あの……すいません、わたし」

「医師から、指示箋《しじせん》は出ていたのだろう？　その指示に従って、あれなのか」

「いや、指示というか……わたし、栄養士では」

「なんと。管理栄養士ではなく、ただの栄養士だったのか。あの男、まさかそうまでして人件費を削るとは」

「あの、管理栄養士とか以前に……その、わたし……栄養士ではなくてですね」

Dr痩せ男が、一瞬でフリーズした。

その眉間に寄ったしわが「お前はなにを言っているんだ」と、問いかけてくる。

「聞き間違いだろうか。あなた、栄養士ですらないと？」

「そうです、わたしは栄養士ではありません。この診療所で受付やサポートを担当させていただいております、関根と申します」

「信じられないことだが……なにか資格は？」

「なにも……ありません」

「無資格？　ではあの男、医療事務に食事指導をさせたと？」

「いえ……医療事務でも、ありません」

「ただの受付？　それでも患者に食事指導をした、と」

「……はい」

「あなたはそれに対して、罪悪感はなかったのか？」

「ざ、罪悪感……ですか？」

「無資格、無免許の者が、曲がりなりにも『診療所』という場所で、患者に栄養指導をしたことに対する罪悪感だ」

罪悪感なんて、今まで一度も考えたことがないけど。

そう言われて初めて、自分のやっていることが客観的に見えた気がした。

「それが責任の伴う行為だと認識できていないとしたら、人として問題があるように思うし。わかってやっていたのなら、それはそれで医療職には不適切な人材だろう」

「で、でも……小野田先生の指示の下で」

ものすごいため息をつかれた挙げ句、疲れ果てたようにやれやれと首を振られた。

「なるほど、あの男らしい入れ知恵だ」

「入知恵とか、そういうのじゃないんです」

「いや、知らなくて当然か。この世界で『医師の指示の下に』とは、実に便利で都合のいいグレーな文言。スタッフに何をやらせても——たとえ開業医が独断で、看護師にレントゲンを撮らせてもだ。すべて『医師の指示の下に』と付け加えれば、見て見ない振りをしてもらえる。それがこの世界で言う『医師の指示の下に』の真意だ」

何を言われても、どんな態度を取られても、ともかくあたしには資格がない。

どれだけ悔しくて情けない思いをしても、これ以上は何も言い返せないのだ。

「そうか、それで自由診療……それで、こんな喫茶店か……何もかもが繋《つな》がったよ」

Dr痩せ男は大きくうなずいて、勝手に自分の中で納得しているけど。ともかくこの診療所と小野田先生を見下して、バカにしているのだけは間違いない。

それでもあたしには、反論する権利すらないのだ。

「あの、小野田先生には……」

「もういい。やはりあの男が選ばれる理由はないと、身をもって実感できたので」

「選ばれる……？」

「あぁ、受付の方には関係のないことなので」

「ですが……どなたが来られたのかだけは、小野田先生にお伝えしないと」

また大きくため息をつきながら、渋々とセカンドバッグから名刺を取り出し。

あたしに手渡すこともなく、それをテーブルに置いた。

ここで【栄養士　関根菜生】と書いてある名刺を突き出してやりたい。

でも今のあたしに、返す名刺はない。

壁に掛けられたチェスターコートを自分で羽織り、何の未練もないような清々とした表情で、Dr瘦せ男は振り返ることもなく無言で診察室カウンターを出て行った。

「やっと帰ってくれた……いったい誰だった――えぇっ⁉」

テーブルに残された忌々しい名刺を手にして、あたしの心臓が一瞬だけ止まった。

【小野田記念病院本院　内科部長　小野田修一】

聞き覚えのあった「修一」という名前。

それは善福寺《ぜんぷくじ》公園でピクニックランチをした時に聞いた、先生の弟の名前だった。

▽　▽　▽

こんな日に限って、先生と八木さんの帰りがいつもより遅い。

動揺を静めるために、いつものカフェオレを淹れることにしたけど、やっぱり隠しきれるものではない。

試そうと思っていた黒糖シロップを入れるのをすっかり忘れてしまい、結局いつも通りの味。しかもそのことに気づいたのは、半分以上飲んでしまったあとだった。

「小野田、修一……間違いないよね」

小野田記念病院と書いてあるからには、先生が善福寺公園で言っていた「実家」の病院に間違いない。名刺の住所を、スマホのマップアプリに入れて検索してみると。

「やっぱり、小野田記念病院で間違いないわ……」

顔を思い出して、小野田先生の顔と並べて比較してみたものの。あのDr痩せ男、Mr嫌みたらしいネチネチ男が先生の弟だと、まだ信じられなかった。

でもそれ以上に、あの男の言った言葉が心の柔らかい部分に突き刺さっていた。

――あなたはそれに対して、罪悪感はなかったのか？

無資格で人に栄養指導をしている罪悪感。

もちろん、考えたことが全然ないわけじゃないけど。それに対して、あの男は退路を塞ぐように追い打ちをかけてきた。

――わかっていてやったのなら、それはそれで医療職には不適切な人材だ。

「医療職として不適切か……確かにあたし、先生やみんなにあれこれ褒《ほ》められて、いい気になってただけかも」

なんの取り柄もなかったあたしだけど、秘めていたプロファイル能力が急に覚醒《かくせい》したので、これからはそれを生かすために栄養士を目指します――。

あらためて言葉にしたら、マンガのあらすじみたいで恥ずかしくなってきた。

負の感情が積み上がっていくこの感じも、久々な気がする。

そんなどんよりしたどす黒い霧のような気持ちで一杯になっていると、さっきとは違って明るく元気に――というか、軽い空気と共に入口のドアが開いた。

「関根さーん、チョコ食べる？　チョコ」

「え、チョコ……？　あ、お帰りなさい……いや、なんで急にチョコなんですか？」

手にした小さなビニール袋から、あたしが好き――というか、食べたいと思える数少ないチョコを取り出してくれた小野田先生。

うしろの八木さんはいつも通りなのに、先生だけ妙にご機嫌だ。

「関根さんが食べられるチョコって、たしかこれだったよね？」

「そうです……けど、どうしたんですか？」

「いやぁ、それを聞く？　聞きたい？」

「たぶん、今日は勝ったんじゃないですか？」

「あ、わかる？　やっぱ関根さんのプロファイルって、すげーよな。颯」

いつもより帰って来る時間が少し遅くて、妙にご機嫌なら、誰でも気づくだろう。

八木さんなんて顔に「やれやれ」と書いてある。たぶん帰ってくる間、ずっとこんな先生に付き合っていたんだと思うと、一番大人なのは八木さんで間違いない。

「わざわざ、ありがとうございます……こんな、あたしのために……すいません」

「なになに、元気ないじゃないの。そのカフェオレ、淹れるの失敗した？」

「いや、失敗はしてません……逆にいつも通りすぎて、ちょっとアレなぐらいで」

「なによ、アレって。じゃあこのチョコ、炊飯器ケーキに入れる？　残りのチョコは湯煎《ゆせん》で溶かして、型にハメて冷蔵庫に入れておけばいいし。あ、ハート型にする？」

口調も足取りも軽く、先生はカウンターの中に滑り込んできた。

回りながら踊るように白衣を羽織ったあたり、勝った額がひと桁《けた》違うのだと思う。

「先生、めちゃくちゃハイですね」

「逆に関根さんは、なんでそんなにダウナーなの？」

わりと見透かされていて、ちょっと驚いてしまった。

先生に気づかれるぐらい、どんよりした雰囲気を醸し出していたのだろうか。

そういえば、いつもは帰ってきたらサッと奥に引っ込んでしまう八木さんなのに。今日はなぜかカウンター席に座り、帰りに買って来た雑誌を読み始めていた。

「あの、あたし……そんなに何か、ダダ漏れしてました？」

「エプロン」

「……え？」

「今日は誰も来ないはずなのに関根さんがエプロンしてるって、おかしいでしょ」

「あ……」

そう言われて、初めて気づいた。

同時に意外と先生に見られていたのかと思うと、何だか恥ずかしくなってしまう。

「いえーい。どうよ、颯。オレ、わりとプロファイラーになれそうじゃない？」

「まぁ、そうかもね」

ハイタッチを強要されて、渋々と手を挙げた八木さん。

お構いなしの先生は満面の笑みを浮かべているけど、たぶん八木さんは帰ってきた時から気づいていたのだと思う。だからすぐに、奥へ引っ込まなかったのだ。

「ねぇねぇ、関根さん的にはどうだった？　オレのプロファイリング」

「え、いや……あの、すごいなと」

「やっぱり？　オレ、最近は自分でも進化してる感じがあったんだよね」

ハイタッチを求められながら、恥ずかしくてたまらなかった。

正直、そこまで誰かに気にかけてもらうことに慣れていないのだ。

「さすがに、なんで凹《へこ》んでるかまでは分からないけど。留守に、なにがあったの？」

「あの、この方が来られまして」

「なにその名刺。またキャバ嬢さんが、ハサミを持って暴れたとか――」

手にした名刺を見て、先生の表情がスッと一瞬だけ消え、すぐに戻って来た。

まるで強制的に、受けた衝撃を何かで相殺《そうさい》したようにも見える。

八木さんが、それに気づかないわけがない。

「クマさん、誰？」

「――ん？　あぁ、こいつが来たんだってさ」

先生から渡された名刺を見て、あまり豊かじゃない八木さんの表情も変わった。知らない人が見ればたぶん気づかないぐらい、わずかに鼻の付け根がピクついたのだ。

そんな八木さんが、なぜかあたしを気遣ってくれた。

「関根さん、大丈夫だった？」

「はい、まぁ……けど、八木さんも知ってるんですか？　小野田先生の……」

ちょっとそれ以上は言いづらくて、思わず先生の顔色をうかがってしまった。

いつの間にかコーヒー豆をグラインダーで挽き始めていた先生は、フレンチプレスで八木さんの分と合わせて2杯淹れている。でもそれは、どちらもブラックだった。

挽かれたコーヒー豆のいい香りと、少し重い沈黙が漂うカウンター診察室。

あたしのカフェオレが完全に冷めてしまった頃、先生はようやく口を開いた。

「ごめんね、関根さん。気分の悪い思いをさせて」

「え……来られた理由、知ってたんですか？」

「いや、知らないけど」

「じゃあ、なんで……」

「あいつ、基本的にはいい奴なんだけどさ。まぁ、なんていうか……誰も口の利き方を教えなかったっていうか、昔からコミュニケーションに難ありなんだよね」

「チッ——なんで、関根さんだけの時に」

「颯。昔の悪いクセが出てるぞ」

「あぁ……ごめん」

八木さんが舌打ちするのを初めて聞いたし、先生に謝るのも初めて見た。そのまま雑誌に視線を戻したけど、まともに読んでいるようには見えない。

八木さんの中でも、あの痩せ男にはあまり良い印象がないのだ。

「で？　あいつ、どんな文句をつけに来たの」

先生は痩せ男の修一を「あいつ」と呼ぶ。そして話を聞く前から「文句をつけに来た」と予想できるぐらい、性格を知っている。

これ以上は聞くまでもなく、修一という男は先生の弟で間違いない。

「詳しくは聞けなかったんですけど……大城さんの件で、と」

「大城さんって、ダイエット中の？　けど……あいつと、なんの関係があるわけ？」

「大城さんって真面目だから、律儀《りちぎ》に前の病院へ報告に行ったんじゃないかと」

「前のって……あ、えっ？　まさか、修一が大城さんを診てたの⁉」

「だと思います。ここの栄養指導の内容が、すごく気に入らないみたいでしたから」

「あー、はいはい……なるほど、そういうことね……そりゃ、気に入らないよね」

これまでの流れを理解したのか、先生はカウンターに肘《ひじ》を突いて髪をかき上げた。

前下がりのマッシュウルフで隠れていた部分が見えただけなのに、それがやたらと新鮮で、ちょっと格好良くすら感じてしまう。

「あの……どういうことなんでしょうか。自分の患者さんが他の病院に取られたら、お医者さんってその病院へ文句を言いに行くものなんですか？」

「まさか。さすがにそんな医者、見たことないね。内心では腹が立つかもしれないけど、まずそこまで気にしないし。だいたい、そんなにヒマじゃないはずなんだけど」

「でも、あっちの小野田先生は」

「修一ね、修一」

感じが悪くてネチネチと嫌味な痩せ男でも、相手は医師で小野田先生の弟。

さすがに「修一」と呼び捨てにするのは抵抗がある。

「えーっと、じゃあ……修一先生、と呼べばいいですか？」

「……まぁ、仕方ないか」

「わざわざ『代診』を立ててまで来た、と言ってました」

「あいつ、自分の外来を他人に任せてまで来たの？」

「だから……よほど、あたしの考えたダイエット案が……非常識だったのかなと」

「なにを言われたのか知らないけど。関根さんは、ちゃんと『医師の指示の下』に」

「それも言われました」

「……なんて？」

「それって便利で都合のいい、グレーな文言だって……なんにでも『医師の指示の下』って付け加えれば、資格のないスタッフに……なにをやらせても許されるって」

「なるほどね。あいつの言いそうな――」

いきなり立ち上がったのは、八木さんだった。

その表情は、居酒屋にいる探偵を捕まえに行ったあの時と同じだ。

「――どうした、颯」

「クマさん……俺、ちょっと道場に」

「だな。ひと汗流して、スッキリした方が良さそうだ」

「患者さん来たら、すぐ呼んでよね」

「あいよ。いってらっしゃい」

読みかけの雑誌もそのままに、八木さんは奥に引っ込まず診療所から出て行った。

何が八木さんのトリガーだったのか分からないけど、怒っているのは間違いない。

「先生……八木さん、急にどうしたんですか？　それに、道場って」

「あいつ昔、髪をまっ赤に染めた『やんちゃ坊主』だったんだよね」

「や、やんちゃ……？　まっ赤？」

「総合格闘技とか合気道とかやるようになって、感情のコントロールを覚えたんだけどさ。やっぱり時々、まだ出るんだよ。それを静めに行っただけだから」

「なにか、八木さんのトリガーを引いてしまいましたかね……」

ブラックコーヒーに口を付けて渋い顔をしながら、小野田先生は首を振った。

「いやいや。修一に関根さんをバカにされたのが、許せなかったんじゃない？」

「具体的にはあたし、まだなにも話してないんですけど」

「なにを言われたか、だいたいわかるって。颯も修一とは、わりと長いからね」

八木さんがあたしのために怒ってくれたなんて、ちょっと信じられないぐらい嬉しいことだけど。本当はあたしがあの男に、真正面から言い返せるのが一番なのだ。

「でも……バカにされたわけじゃなく、事実ですから」

「なにが？」

「……あたし、なにも資格が」

「まだそれ気にしてたの？　来春からどこの専門に通うか、探してるんでしょ？」

小野田先生と八木さんには、気まずいからそう言っているだけで。

実際には「学費を確保するためのバイトを探している」という表現の方が正しい。

「それにやっぱり……修一先生にも、ちゃんと謝った方がいい気がして」

「それはこっちで処理しておくから、関根さんはもう悩まなくていいよ」

「処理って……」

先生が弟との関係を話したがらないので、結局それ以上のことは何も聞けず。

とりあえず先生とも八木さんとも仲が悪そう、ということだけはわかった。

「関根さん。うしろばっかり見て歩いてると、転んじゃうぞ？」

渋い顔でコーヒーを飲み干した先生が、ニッと爽やかな笑顔を浮かべている。

時々かっこいいセリフを混ぜてくるのは、狙っているのだろうか。

でもその言葉で、いつも少しだけ気持ちが楽になるのが不思議でならない。

あたしもこのセリフの著作権、先生から譲渡してもらおうかな。

▽　▽　▽

それから修一が診療所に姿を現すことは、とりあえずなかった。

小野田先生がどういう風に「処理」するのか、そっちの方が逆に心配してしまったというのに。１週間もすると、あたしはそれをすっかり忘れてしまった。

そんなことよりも、専門学校の学費に目処《めど》が立たない方が問題で。いくら時間が経っても何も解決しないし、いいバイトにも巡り会えない。選り好みしなければいいだけなのだけど、それだと入学までに間に合わず意味がない。

――うしろばっかり見て歩いてると、転んじゃうぞ？

先生の言うとおり、修一の言葉をいつまでも気にするのは止めることにした。

「先生、それはそれとして――」

「待って、関根さん。何も言ってないよね？　オレ、なにも聞かされてないよね？」

カウンター内で患者さんの経過記録をまとめていた先生、いきなりごめんなさい。

ちょっと最近、口に出せないお金のことばかり考えているもので。

「――あ、すいません。あたしの心の声でした」

「大丈夫？　オレ、テレパシーまでは拾ってあげられないからね？」

「もちろんです。自分のことですから」

「え……あ、うん？　なんか相談があるなら、のるけど」

「いえいえ。それより、柏木さんですよ」

また朝の10時からここへやって来てソファー席に陣取り、もの凄い勢いでキーボードを

2時間以上もずっと叩き続けている柏木さん。

何を示唆《しさ》しているのか、今日は火曜日。

柏木さんが先週来たのも火曜日で、それ以外の曜日に見かけることはなかった。やはり柏木さんの現状を把握するためのキーワードに「火曜日」は入れるべきだと思い、今日は朝から来ると聞いて、先生には散歩を中止してもらっていた。

もちろん先生は、恋愛アドバイザーじゃない。それはわかっていることだけど、あたしひとりよりは何万倍もいいはずだ。

「哲ちゃんなぁ……関根さんのプロファイルだと『そういうこと』なんでしょ？」

ふーっと大きく息を吐きながら、書類作りで固まっていた体をほぐしたあと。

先生はあたしの隣で、一緒に柏木さんの観察——というか、視診を始めた。

「もちろんご本人には聞いてませんけど……たぶん、そうじゃないかと」

「関根さんの言うことだし、ほぼ当たってるんじゃないかなぁ。今日、火曜だし」

「ちなみに、先生。確認なんですけど」

「なに？　今日、一緒に飲みに行く店のこと？」

「それは初耳ですね。そうじゃなくて、この距離でこの声の大きさで話をしても、柏木さんには聞こえていないんですよね？」

「いや、物理的には聞こえてる」

「えっ⁉　ちょ、ダメじゃないですか！」

あたしの声が大きすぎたのか、フッと柏木さんが顔を上げた。

でも自分に関係ないと感じたのか、またモニターの中へと吸い込まれていく。

「──ど、どういうことですか？」

「あ、別に小声にならなくていいよ」

「でも……」

「音の波としては鼓膜に届いているし、それが脳にも伝達されている。けどそのお届け物を脳が受け取るだけ受け取って、家主には知らせていないって感じなの」

「なるほど。集中してる、ってことですか」

「まぁ、半分は正解かな」

「半分、って……残りの半分は」

「間違ってるとも言えないんだけどね。人間って、感覚器──特に聴覚と嗅覚《きゅうかく》は、あえて鈍くなるフィルターをかけることが多いんだよ。脱感作《だつかんさ》とか、カットオフとか」

そう言いながら先生はカフェオレを淹れ始めたけど、確かに柏木さんは気にする様子がない。グラインダーの音にも、牛乳にスチームをかける音にも、無反応だ。

「はい、これ。黒糖シロップ、入れてみたけど」

「す、すいません。ありがとうございます」

「匂いは消えてないのに、鼻が慣れちゃって匂わなくなるのが脱感作。ボイスレコーダーで録音してみたら、耳で聞いていた以上に雑音だらけっていうのがカットオフ」

黒糖で甘さ以上にコクが深くなったカフェオレは、Uコーヒーみたいな美味《おい》しさだった。先生もいつもの練乳カフェオレに戻っているし、ちょっと安心する。渋い顔をしながら好きでもないブラックを飲む時は、悩んでいることが多いからだ。

「でも柏木さん、あたしの声には気づきましたよね」

「急に音量が大きくなって、今まで聞こえていたものとは『違う』という『危険信号』が脳に伝わったと考えてもらえれば」

「あー、なるほど」

「人間が同時に処理できる入力信号には限りがあって、処理できる数の個人差も大きい。だから優先順位をつけて、回路に入りきらない物は詰め込まずに捨てるんだ」

「圧力鍋《なべ》の弁から、蒸気が抜けるような感じですか」

「そのたとえがパソコンのメモリーじゃないあたりが、関根さんらしくて好きだな」

「す――」

「好き」とか「かわいい」とかの単語を、息をするように会話へ織り交ぜてくる世の中のカッコイイ男性たち全員に言いたい。

恋愛関連の「好き」じゃないとわかっていても、中学生レベルで意識してしまうアラサ

ー女は存在します。軽く勘違いするので、ぜひ留意してください。聞こえてくる音も話も斬《き》り捨

「だから今の哲ちゃんにとっては、目の前の仕事が最優先。聞こえてくる音も話も斬《き》り捨てないとパンクしてしまう、って脳が判断しているんだ」

「それって柏木さんが、かなり追い込まれてるってことですよね」

「だね。って、いやいや関根さん？　そんなに見つめられても、オレにどうしろと」

「ですよね……見たことも聞いたこともない、下手をするとあたしの想像上の生き物かもしれない新・彼女さんですしね」

「いや、そこまで未確認動物とかファンタジーじゃないと思うけど」

「挙げ句に『その人とは別れた方がいい』なんて、どこの嫁姑《よめしゅうとめ》戦争かって話ですよ」

「脳内の勝手な想像を現実と混同するのは、さすがにダメだね」

「ですよね……でも柏木さん、また来週もこれが続くんですかね……」

行き止まった発想にため息をついていると、小野田先生に頭をポンポンされた。

注意喚起の追加です。そういう無意識の行為もカッコイイ男性がすると、アラサー女はハラスメントではなく別の意味に捉えてしまいます。ぜひ留意してください。

「関根さん。イージーにね、イージーに。ここは、んん診療所なんだから。みんなの居場所であれば、それでいいんだからさ」

「先生……」

ニッと笑った先生は、柏木さんに大きな声をかけた。

「おーい、哲ちゃん！　柏木哲司《てつじ》くん！」

「えっ⁉　あ、はい！」

もちろん、自分の名前を呼ばれたということもあるとは思うけど。

やはり音量が急に変わると、それにはちゃんと反応できるのだ。

「ちょっと休憩だ。昼にしよう」

「あーっと……」

「忘れたのかーい？　哲ちゃんは『疲れを認識しにくい』って、前に説明したよな」

「……でした」

「脳処理システムにおける『気分転換』の意義は、覚えてる？」

「システムジャンクとDNSキャッシュのクリア、RAMの解放」

なにを言っているのかサッパリだけど、専門用語だろうか。

たぶん柏木さんが自分で分かりやすいように、置き換えて理解したのだと思う。

「こっちに来なよ。関根さんが、哲ちゃんに『きつねうどん』作ってくれるってさ」

「えっ⁉　あたしですか！」

「だって先週は、ずっと『100‐50‐30の出汁《だし》』を練習してたじゃん」

さすがに小野田先生から呼ばれると、素直にカウンター席へ来てくれた柏木さん。

朝何時に何を朝食として「食べさせられた」のか、わからないけど。少なくとも猛烈に作業をし始めて、2時間が経過している。途中で甘めのコーヒーを出したとはいえ、そろそろ血糖も下がってくる頃。お昼には、ちょうどいいタイミングだと思う。

「すいません、関根さん。なんか、気を使わせちゃって」

「あ、いえ……なんか先週、お仕事が大変そうだったので……あたしにも何かお手伝いできることはないかな、と思いまして」

「けど先生が言ってる『100-50-30の出汁』って、何なんです?」

柏木さんが聞いても面白い話かどうか、わからないけど。

関係ない話だからこそ、気分転換になってくればラッキーだ。

「実は『腹系《ハラ》のタレ』に続いて、汎用性《はんようせい》のあるレシピを教えてもらったんですよ」

「関根さん、まじで小野田先生に似てきましたね」

「えぇ……今の会話、どのあたりに『小野田先生っぽさ』がありました?」

「似るのは嫌なんですか?」

「あ、あっ——柏木さん、そういう意味じゃないんですよ!?」

慌てて振り返ったら、先生は苦笑いで「続きをどうぞ」と手で勧めてくれている。

「関根さんから『汎用性』って言葉が普通に出て来たので、そう思っただけです」

「でもこれ、実際に使い回しが利いてですね——」

あたしにとっては、究極の和食系味付け用の出汁と言っていいだろう。

【みりん100ml＋しょう油50ml＋めんつゆ30ml】

あたしの中では、通称「100-50-30」と呼んでいる。

たとえば柏木さんの好きな「きつねうどん」を作るなら、水700mlに【みりん100ml＋しょう油50ml＋めんつゆ30ml】を入れるだけで、うどん出汁は完成する。あれば「出汁の素」を小さじ1杯入れると、さらにいい感じの味になる。

あとは「冷凍うどんのブロック」か「ゆで麺《めん》」を入れて沸騰させれば「素うどん」の完成。どんぶりにあげて好きな物――油あげ、ネギ、生卵、お惣菜《そうざい》売り場に並んでいた揚げ物、などなどをトッピングすればいい。コロッケうどんだって、アリだ。

これを水400mlに代えて【みりん100ml＋しょう油50ml＋めんつゆ30ml】を入れれば、なんと和食の煮物出汁になってしまう。

鶏肉とレンコン、ニンジン、コンニャクなどを煮れば、筑前煮《ちくぜんに》っぽい感じに。

牛バラ肉のスライスと玉ねぎを入れて煮れば、健康薄味牛丼に。

ブリと大根を入れて煮れば、ブリ大根に。

ちなみに圧力鍋があれば、加圧はわずか10分で終わる。

味が薄いと感じたら、できあがってから「めんつゆ」でちょっと調整すればいい。これだけでレシピが4つ増えるのだから、汎用性が高いと呼ばずにはいられない。

「——どうぞ、柏木さん」

たぶん大丈夫だと思いながらも、先生以外に食べてもらうのはこれが初めて。ましてや柏木さんの胃が弱っている時に食べたいごはん第1位なので、緊張は隠せない。

せっかく第2位の鶏そぼろ丼はクリアしたのだから、これもクリアしたい。

どんぶりを抱えて、出汁に口を付けた瞬間。柏木さんは、ほっとため息をついた。

「いいな、これ……小野田先生の完全コピーですよ、関根さん」

「ありがとうございます！」

「いえ。こちらこそ、ありがとうございます」

「え……？」

「なんか『気が楽になる』っていうか……やっぱこれ、好きな味なんで」

「よかったです、けど」

「ちょっと昨日の晩メシも肉ばっかりだったし、オレの胃には重かったんですかね」

それにどう返せばいいのか分からないあたしに代わって、先生が話を続けてくれた。

「今朝も野菜ジュースと果物を、山盛り『食わされて』きたのかい？」

「食わされて、って……彼女の話、しましたっけ」

「哲ちゃん、無意識って恐いよ？　先週、関根さんが気づいちゃったんだってさ」

「……そうでしたか」

「ちなみに毎週『火曜日』ってのも、関根さんは気にしてるぞ？」

髪をかき上げようとした柏木さんは、ハッとしてその手を止めた。

まるで誰かにセットしてもらったヘアスタイルが崩れるのを、気にしているように見えたのは考えすぎだろうか。

「まいったな……ホント、隠せないものなんですね」

「いいんじゃない？　ここでは」

それっきり無言のまま。柏木さんは、きつねうどんを出汁まで平らげた。

少し汗ばんだ額を拭こうと取り出したハンカチは、有名ブランド物になっている。

たぶん新しい彼女さんが、また過干渉女子なのかもしれないけど。どうも柏木さんは、それ系の女子を引き寄せている感がある。もちろん彼女さんに悪意があるとは思えないとはいえ、柏木さんの負担になっていることだけは間違いないだろう。

「やってみる前からダメとか、ムリとか……そういうの、イヤなんですよね――」

空になったどんぶりの底を見つめたまま、柏木さんがポツリとつぶやいた。

それが仕事のことなのか、彼女のことなのか、先生はあえて聞くつもりはない。

「――仕事ではそれを『損切り』としてリスク回避したことになるかもしれませんけど。

人間関係の損切りって、自分のことも相手のことも、よく知らないうちから見限ってることになるじゃないですか。それって、やっぱり好きになれないんです」

でもあたしには、柏木さんの言葉が電気のように体中を駆け巡った。

やってみる前からダメとかムリとか、あたしは諦めていなかっただろうか。

あたしは、あたし自身を見限っていなかっただろうか。

「まぁ哲ちゃんは、昔からそういうヤツだよな」

「なんとなく最近、自分の限界はわかるようになってきたので……もうちょっとだけ続けてみても、いいですか？」

「いつも、すいません」

「いいけど、体調がギリギリになる手前で止めるからな」

「柏木さん、ありがとうございます！」

思わずそう叫んで、深くお辞儀をしてしまった。

これはもう、止められない衝動と言っていいと思う。

「はい……？　あっと、え？」

「……関根さん、急にどうしたの？」

「あたし……やってみる前から、ダメとかムリとか考えてました」

そんなあたしの背中を、柏木さんの言葉が強く後押ししてくれた。

この診療所では、誰かに背中を押してもらってばかり。いつかというか、なるべく早くみんなに恩返しをしたい。そう、できるだけ早く。

「待って、待って。なんのことか知らないけど、オレに話したことないよね？」

「先生。ここって『兼業可』でしたよね」

「え？　うん、そうだけど……え？」

んん診療所の表記診療時間は、午前10時から午後17時。

そんな好待遇なのに「学費がない」なんて、恥ずかしいにもほどがある。

「あたし、診療所が終わってからバイトを始めます」

「な――ッ！　関根さん、それ真剣に言ってる⁉」

「はい。めちゃくちゃ真剣です」

お金は貯まるものじゃなく、貯めるもの。

なんの努力もせず、なんの犠牲も払わず、手に入るものではないのだ。

第2章 それは気づかないうちに

患者さんの来る気配がまったくないまま、午後は過ぎ去り。

あと20分で17時を迎え、本日の表記診療時間が終わってしまう。

「居酒屋のバイト……大学1年の時、以来かなぁ」

今日が、その初日。

17時45分入りの18時から開始。西荻窪駅南口にある個人経営の焼き鳥居酒屋『禅《ぜん》』なので、ここを17時半に出ても間に合う。制服は前掛けエプロンで「白シャツとデニムで来て」と言われているだけなので、着替えの時間も考えなくていい。

シフトは木曜と金曜の18時からと、土曜の17時から。

募集はホールスタッフなので、メニュー表だけは面接の時にもらっておいたけど、もちろん憶えきれるはずもなく。字が認識できるギリギリまで縮小コピーを重ね、ポケットで破れたり擦《こす》れたり滲《にじ》んだりしないようにラミネートもかけた。思い出したように役立つから、かさばるあの家電ラミネート機器がいつまでも捨てられない。

それに居酒屋には、すぐに出せる「本日のおすすめメニュー」がある。それほど多くはないらしいけど、何を出すかは当日に行ってみないと分からない。

そしてホールスタッフならば、たぶんドリンクも担当しなければならないだろう。妙に緊張してきたのでカフェオレでも飲んで落ち着こうとして、ふと我に返った。

「……あたし、バカなの？」

社会人として会社勤務を６年もしていながら、今さら何を恐れているのだろうか。ここだってカフェみたいな診療所とはいえ、一応は患者さんと接しているのだ。そう考えると自分が恥ずかしくなってしまうけど、恐れているのも事実だった。

「ねぇ、関根さん――」

「はい――っ！」

「――いや、そんなに驚かなくても」

「あ……す、すいません」

こんな近くまで先生が来ていても気づかないとは、思ったより緊張は強いらしい。でもストレスが酷《ひど》くなってきたら、きっと例の「じんま疹」が教えてくれるはず。あれは逆に、今では便利なストレス・センサーだと思っている。

「大丈夫そう？　このあとから、バイトなんて」

「もちろんです。この度はわざわざ先生のお知り合いのお店にご紹介いただきまして、誠にありがとうございました」

「なんか言葉が堅苦しくなってるけど、緊張？」

「いや、まぁ……ですかね」

なんだかなぁ、という表情で先生は珍しくこんな時間から白衣を羽織った。

「学費は貯金を崩して残りはバイトでって、立派なことだけど……貸すよ？」

「それはダメです」

「なんで毎回、即答なの。給料を前借りして小分けに返すことの、何がダメなの？」

「……あまり父さんのことは好きじゃなかったですけど、『借金は身の丈に合っていない買い物をした証拠だ』と言っていたことだけは、正しいと思っていました」

「頑《かたく》なだなぁ。けど学費って、３００万ぐらいするでしょ」

「２２０万ですし……ち、貯金ぐらいありますから」

貯金があるのは嘘じゃない――27万円だけど。

「それを、ぜんぶ崩すの？」

「ありがたいんです、けど……ともかく、それはお断りさせていただきたいです」

ため息をつきながら、先生がカウンターの中に入ってきた。

珍しく、まだ何か仕事でもあるのだろうか。

「18時から、ラストまでだっけ」

「そのあたりも、やたら都合していただいたというか……ラストオーダーを取って出したら上がってもいいと言われたんですけど、先生から何か」

「いやぁ、人件費の問題じゃない？　大将には別に何も……言ってない、かな」

意味ありげな笑みを浮かべ、調味料や食材を取り出し始める先生。

まだ表記診療時間内だから、誰か来たいと電話でもあったに違いない。

「柏木さん、来られるんですか？」

「……え、なんで哲ちゃんだと？」

「しょう油、みりん、お酒、冷蔵庫から鶏の挽肉を取り出して、冷凍していたご飯を解凍。それってご飯を炊くのが間に合わない急な電話だからで、材料はたぶん鶏そぼろ丼のもの。卵を取り出し忘れていたのなら卵とじか二色丼の可能性もありますが、沙莉奈さんが起きてくる時間にも、先生が二色丼を晩ごはんに食べる時間にも、まだ早いですからね」

「参りました。正解です」

「ちなみに八木さんは、二色丼があまり好きじゃないような気がしています」

「ねぇ、実はそれって超能力なんでしょ？　オレにだけは真実を教えてくれない？」

「そんなに患者さんは多くないですし、だいたい想像はつきますよ。けど柏木さん、どうしたんですかね。今日は火曜日でもなく、もう夕方——」

タレ作りを手伝おうとしたら、先生に体を寄せられてブロックされてしまった。

「関根さん、もう『上がって』いいよ。時間、要るだろうし」

「なに言ってるんですか。まだ、診療所を閉めてないのに」

「うちと違って、バイトにはメイクして行くって言ってなかった?」

「あ……」

もうすぐ29歳になる、アラサー女子。気心が知れた人しか来ない診療所では、化粧水だけ叩いて、眉を描いてグロスを塗っただけで仕事をしている。

いや、言い訳じゃなく――こうなったのには、ちゃんとした理由がある。

小野田先生が作ってくれるスーパー保湿剤、あれが良すぎていけないのだ。

先生が理想の万能保湿クリームを追求した結果、全部ドラッグストアで売っているもので足りてしまったのだという。

それをお風呂上がりに塗って、朝起きて塗ったら終わり。顔だろうが手だろうが足の踵《かかと》だろうが、塗る場所も選ばなくていいのだから便利すぎる。

【ワセリン+ヘパリン類似物質配合のクリーム+セラミド配合のハンドクリーム】

これを同量ずつ、先生は20gずつ総量60gに計り取って混ぜているだけなのに。ヘパリン類似物質が水分を皮膚へ引き込み、セラミドがその引き込んだ水分を保水し、ワセリンが皮膚のバリアとなってフタをする、というのだ。

冬は乾燥肌と手荒れがひどくなるあたしは、これをもらって「ハンドクリームを買わずに済んでラッキー」ぐらいの軽い気持ちで使っていたのだけど。

　あたしの肌に合っていたのか、乾燥肌を防ぐどころか、化粧水も忘れるほどツヤツヤの肌になってしまい。気づけば眉とグロスだけの、手抜き女になっていたのだ。

「どれだけ急いでも、さすがに15分ぐらいは要るでしょ」

「そ、そうですね……忘れてたわけじゃ、ないですよ」

「別に化粧しなくても、可愛いと思うけど――」

「好き」とか「かわいい」とかの単語を、息をするように会話へ織り交ぜてくる世の中のカッコイイ男性たち。勘違いされないよう、本当に注意してください。

「――とりあえず、バイト初日なんだしさ。時間にも心にも余裕を持って、イージーにいこうぜ。イージーにな」

「すいません……じゃあ、お先に」

「ただし、条件付きで」

「えっ、今さら⁉　あ、あの……明日の仕事には、絶対に影響が出ないよう」

「違う、違う。そんなことじゃなくて」

「……他に、なにかあります？」

「どんな些細《ささい》なことでもいいからさ。辛いと思ったら、絶対オレに言うこと。言いづらかったら、颯でもいい。ともかくひとりで抱えず、ギリギリの手前でヨロシクね」

たしか柏木さんにも、同じようなことを言っていた気がする。

先生から見たら、やっぱりあたしは無理のあることをしているのだろうか。

でも何もしなければ、お金は絶対に貯まらない。お金が貯まらなければ、いつまでも栄養士にはなれない。願うだけで叶う夢なんて、あたしの知る世界にはない。

柏木さんだって、大城さんだって、みんな前向きで立ち止まったりしていない。

だから、あたしも——。

「あ、ありがとうございます」

「じゃ、お疲れさーん。アンド、行ってらっしゃーい」

そんな小野田先生に手を振られ、いよいよあたしのダブルワーク生活は始まった。

▽　▽　▽

西荻窪駅の南口にある焼き鳥居酒屋『禅』は、なぜか墨田区錦糸町《きんしちょう》の姉妹店。

路面店なのに赤い提灯だけが目印で、あまり目立たないのが特徴だろうか。焼き鳥居酒屋の看板を出しているのに、焼き鳥の注文が少ないのも特徴かもしれない。

店内は黒を基調とした純和風居酒屋で、少し床が軋《きし》むぐらいのウッディさ加減と言えばいいだろうか。カウンターが6席に、4人掛けのテーブルが6卓、壁を背にした奥には6人がけのテーブルが2卓。

たしかにこれぐらいの規模だと、ふたりで切り盛りするのはちょっとキツい。ましてや週末には8割以上が埋まるなら、ホールスタッフの募集を出したのもわかる。

「大将。4卓さん、アジのなめろうとレバーの炙《あぶ》り、お願いします」

「はいよーっ」

「あと、大将。今日こそ、デザートはありますかって」

「ない、ない。今日もないから」

チョビ髭《ひげ》に作務衣《さむえ》と下駄がトレードマークの大将。鮮魚や精肉の仕入れ、仕込み、刺身や煮物まで、ほとんどひとりでやっている。ちなみにデザートにはまったく興味がないのにメニューにだけは載せている、謎《なぞ》のポリシーの持ち主。逆にそれを知っている常連さんは、ないとわかっていてもあえて注文して楽しんでいるらしい。

「あと、すいません里磨《りま》さん。鶏の唐揚げ、時間かかりそうですか？」

「そうねー、ちょとだけねー。菜生チャン、待ってもらえるか聞いてねー」

その大将との関係が微妙すぎてバイトなのか何なのかよく分からないのが、日本人離れをした顔立ちの女性、里磨さん。なんとなく名字を聞きそびれたまま、大将も名字で呼ぶ気配はない。お通しや仕込みの済んだ揚げ物、簡単な焼き物系、盛り付け、洗い物などを担当している、いわゆるキッチンスタッフさんだ。

「えーっと、4卓さんに生とハイボール、3卓さんにレモンサワー2つ……あっ、大将！

1卓さん、お会計でした！」

そんなあたしはホールスタッフとしてバイトに入ったものの、他の居酒屋系バイトと同様にやはりドリンク作りも担当で。用意したメモ帳はお店のルールから咄嗟《とっさ》の注文、ドリンクの作り方や酒類の置場所など、あれこれ片っ端から書き込んでいるうちに、シフト2回で1冊消費してしまった。

ファミレスのようなオーダーシステムのない居酒屋のホールスタッフの仕事は、注文を記憶しながら伝票に手書きで残す、キッチンにオーダーする、注文にドリンクがあれば自分で作って運ぶ、できた料理を運ぶ、酔っ払いの話を笑顔でかわす、ことが一般的な仕事内容。つまりあたしにとっては、わりと辛い戦場だ。

配膳で両手が塞がっている時に注文の声をかけられると、とりあえず物を運び終わるまでメモもできない。だからといって「ちょっと待ってください」と言う勇気もないので、忘れないように脳内で繰り返し暗唱するしかない。

居酒屋のバイトに慣れていた前職の同期は「機械的な反復作業」だと言っていたけど。少なくともあたしにとっては、メモ帳なくして生き残る術のない世界だ。

「……居酒屋、失敗だったかなぁ」

まだ1週間しか働いていないのに、もう後悔し始めている自分が嫌すぎる。

でも立地と希望時間と時給を加味すると、どうしてもここが突き抜けて条件が良かった。

もちろん小野田先生と大将の仲が良いので成立しているのだろうけど、在宅でできるバイトは時給換算すると比べものにならなかったし、ファミレスとカフェ系は診療所の終業後から始めたいという希望時間には合わなかった。

「菜生チャン。カウンター4さんにこれね、ハイボールねー。お願いねー」

「あ、はーい！」

ダメだ、あたしが回ってないから里磨さんにドリンクのオーダーが入っている。

「ほい！　これ、2卓の茄子田楽《なすでんがく》！　こっちは7卓のアサリの酒蒸し！」

「あ、はーい！」

あっと、ホールも回ってない？

ダメだ、これではあたしをバイトで雇った時給分の意味がなくなってしまう。

「へーい、らっしゃーい」

もうすぐラストオーダーなんだけど、まだお客さんを入れるんだ。

どこかで飲んで来たあとのハシゴ客なら、閉店催促しないと帰らない系が多いのに。

まずいな、1卓をまだ片付けてなかったや。

「大将。平日なのに、まだ混んでるじゃん」

「おーう、先生ぇ」

「えっ!?」

冷たい空気の吹き込む入口を見ると、ニコニコ顔で小野田先生が手を振っていた。もちろん隣には、黒いジャケットに紫の襟シャツを着た八木さんを連れてだ。

「お、おふたり様ですか？」

先生、また来たんですか？

バイトを始めて2日目にも、八木さんと来ましたよね。

「ヤだなぁ、関根さん。なにその、よそよそしい感じ。愛情の裏返し？」

「……八木さん。先生、またどこかで飲んで来た帰りですか？」

「まぁ、わりと飲んでるよね」

「いやいや、いつものオレじゃない？　酔ってなくても、こんな感じじゃない？」

「こちらのテーブル席に、お願いします」

急いで1卓を片付けて、ササッとふきんをかけ、テーブルセットを並べ直し。それを毎日顔を合わせているふたりにずっと眺め続けられるという状況は、罰ゲームだろうか。おしぼりを渡してオーダーを取るだけなのに、異常に照れくさくて困る。

「すいませんが、ラストオーダーになりますので」

「おっけ、おっけー。オレ、コークハイね。颯は？」

「生で」

「あと大将に、なにかツマミをひと皿ちょうだいって」

「かしこまりました」

「ヤバい、颯。関根さんに、かしこまられちゃった。超照れる、どうしよう」

「とりあえず、早く帰れってことだよね」

「わかってますー。ちょっと、様子を見に来ただけですー」

「関根さんを、迎えに来たんだよね」

お酒に強いのかセーブして飲んでいるのか、八木さんは相変わらず冷静で。先生と飲みに出かけても、酔って帰って来たところを見たことがないし、先生以外と飲みに行くのも見たことがない。日常生活の様子から、そもそも飲みに出かけるのがあまり好きな人ではないのだと思う。

「颯、それは違うぞ。帰り道に寄っただけ。オレ、そんなに心配性じゃないし」

「かなり心配性だよね」

確かに前回も、ラストオーダーギリギリの時間に来て。サッと1杯ひっかけて、あたしが上がる時に一緒に帰ったのだった。

29歳にもなるというのに、心配されてバイト上がりに迎えに来られるとは。

恥ずかしいやら、嬉しいやら。

駆け巡る複雑な気持ちから逃げるように、ドリンクを作りに厨房《ちゅうぼう》の横へ行くと。その奥で里磨さんが、ぼんやり手を止めて立っていた。

「里磨さん？」

「……えっ？　あ、菜生チャン。ラストオーダー、終わる？」

「ですね。先生たち以外は、ドリンクだけでしたけど……里磨さん？」

里磨さんは笑っているつもりなのかもしれないけど、全然笑えていなかった。

「ほい！　これ先生んトコに、おつまみ盛り盛り！」

「あ、はーい」

枝豆、カンパチの刺身、レンコンの挟み揚げの小鉢が、ワンプレートに載っているという、決してメニューにはないもの。

いつもはこのタイミングで、里磨さんがすぐにお通しを出してくれるのだけど。

「里磨さん……あの、お通しを」

「ん？　あー、ごめんねー。了解ねー。ラストオーダー、終わる？」

また同じことを聞きながら、お通しを冷蔵庫から取り出しているつもりの里磨さん。でもそれはお通しではなく、ポテトサラダの小鉢だった。

──正しい判断や、落ち着いて考えれば何でもない判断ができなくなっている。

思い出したのは、小野田先生が結構よく言うセリフ。これを言う時は、だいたい「脱水」か「低血糖」を疑っている時だった。

今日は給料日後でお客さんが途切れなかったから、里磨さんはずっと奥の揚げ物の前か、湯気の立ち込める中での洗い物。この細身の女性を支えるだけの水分や糖分は、十分に摂れているのだろうか。

「里磨さん。里磨さん？」

「……ん？　なに、菜生チャン」

「大将に言って、何か水分……できれば、甘い物でも飲ませてもらいませんか？」

「あー、それはいいヨ。大丈夫、大丈夫」

「でも……なんとなく、辛そうですよ？　あたしから大将に聞いてみますか？」

「いいよー。いっぱい飲んだら、いっぱいトイレ行きたくなるよー」

「沢山じゃなくて、1杯だけ……いや、あたしと半分ずつでは？」

「でもいっぱいトイレ行ったら、仕事できないよー」

「火の番とか、揚げ物タイマーを見てるぐらいしかできませんけど……トイレの時ぐらい、あたしがここにいますから」

　普段からあまり水分を摂りたがらなかった里磨さんだけど、どうやらトイレを気にしていたらしい。あたしが来る前の仕込みから手伝っているので、最後に水分を摂ったのがいつなのか分かったものじゃない。

「ありがとねー。それよりこれ」

「あっ!?」

当たり前に手渡そうとしたポテトサラダの小鉢が、里磨さんの手からするりと抜け落ちて床で割れた。

「ごめんね、ごめんね。菜生チャン、大丈夫？」

「あたしこそ、すいません。今のはたぶん、あたしの受け取りミスですから」

「それはないよー。新しいの、これ持って行って。ここは片付けるから」

そう言って渡されたのは、やはりお通しではなくポテサラの小鉢。そして里磨さんは、モップを持って来る様子もなく止まっている。

ちょっと急いで小野田先生のテーブルへ、おつまみ盛り盛りだけを持って行った。

「おっ、来た来た――って、関根さん？　オレのコークハイは？」

「先生。乾杯の前に、ちょっといいですか？」

「あ、その顔」

「な、なんです？」

「いや、なんて言うか『診療所の顔』をしてるからさ。いつもの調子で、何かに気づいちゃったのかなと思って」

今どういう顔をしているのか、さっぱり分からないけど。

とりあえず先生と八木さんは、乾杯を待ってくれるらしかった。

「すいません、飲みに来られてるのに。なんて言うか、たぶんですけど――」

里磨さんは明らかに、正しい判断ができなくなっているに違いない。

あたしの気づいたことを伝えると、先生から返ってきた返事は意外なものだった。

「あー。それ、熱中症かもね」

「えっ、もう秋も終わりますよ？　店内ですよ？」

「熱中症を決める環境要因は、温度、湿度、周囲からの熱。人体の要因は、脱水傾向とか体調不良とか、万全じゃない状態。行動要因は、暑い環境での長時間作業など。そのどれかが複数そろえば、季節や場所も関係なしに熱中症は起こる。熱いフライヤーとか炭焼きの前で、トイレをガマンするために水分を摂ってないならアリでしょ」

キッチンスタッフの里磨さんは厨房奥の狭い空間で、ずっと揚げ物や火を使って調理している。湯気の立ち込める洗い場なんて、湿度の塊《かたまり》みたいな空間なのに。今日はそこから、ほとんど出ていないのだ。

「ど、どうしてあげればいいですか？」

「まず熱源からの解放。水分、塩分、糖分の補給。体に籠《こ》もった熱を放散すること」

「ありがとうございます！」

その足で急いで大将のところへ行き、小野田先生が評価した里磨さんの熱中症症状について話した。

「えっ、そうなん⁉　小野田さんがそう言ってたの⁉」

慌てた大将はすぐに厨房の奥へ行き、里磨さんにソフトドリンクとガムシロップを渡して、スタッフルームに下がらせようとしている。

「でもね、まだラストオーダーがね」

「あー、そういうのはいいから。おれが何とかするし」

「でもね、まだお客さんがね」

「いいから、言うこと聞けって。ああ見えても小野田さんは、立派――かどうか知らねえけど、マトモな医者なんだからよ」

「センセが？　なんでワタシのこと知ってるの？」

「関根ちゃんが気づいて、知らせてくれたんだよ」

「……菜生チャンが？」

「すいません……余計なことだったかもしれないですけど」

「全然だよ、菜生チャン。ありがとね」

「いえ、ちょっと気になっただけです。それより、里磨さんは熱源から離れて休んでいてください。あたしが代わりに、できることは何でもやりますから」

「そりゃあダメだ、関根ちゃん」

大将に信用してもらえないのも、当たり前だろう。

バイトで1週間ほど顔を出しただけで、ホールも回せていないというのに。

「あ……やっぱり、あたしにはムリですよね」

「じゃなくて。ラストオーダーを捌《さば》いたら、上がっていい約束をしてんだからさ」

「それなら大丈夫です」

「ダメダメ。小野田さんと約束してんだ。翌日の診療に影響がないようにするって」

そのあたりの交渉は、やはり小野田先生がしてくれていたのだ。

大将にも先生にも、あたしはかなり甘やかされていると思う。

それならこういう時にこそ、恩返しをするべきではないだろうか。

「大丈夫ですよ、1日ぐらい」

「いやぁ……けど、小野田さんとは長い付き合いだしさ」

「だったら、なおさら大丈夫じゃないですか？」

「けど夜の世界ってのは、信用が第一なんだよ。約束は、約束だし」

そもそも、診療所は夜のお仕事ではない気がするのだけど。

そんな風に厨房の奥でゴソゴソしている間に、お会計の声がかかった。

「あっ、はーい！　ただいま伺います！　ほら、大将。お客さんが呼んでますって」

それでもしばらく悩んでから、ようやく大将は決心してくれたらしい。

こういう律儀なところも、先生と長く付き合ってこられた理由かもしれない。

「じゃあ……とりあえず今日は、粘りそうな客にはテキトーなこと言って帰しちまうからよ。関根ちゃんはテーブルを片付けて、洗い場に放り込んでおいてくれるだけでいいや。あとはセットを敷き直してくれたら、上がってくれよな」

「了解です！」

「それから小野田さんには、絶対ちゃんと説明しておいてくれな。今日だけだって
これからしばらくお世話になるのだから、助け合って当たり前だと思ったし。

なにより嬉しかったのは、ここでも誰かの出すSOSに気づけたことだった。

▽▽▽

それから1ヶ月——週3日のダブルワークは続いたけど。

たまに頭が痛くなる程度で、わりと変わりなく過ごせていると思う。

逆に大将から心配されることの方が多く、必ず週に1回は同じことを聞かれる。

「関根ちゃん。診療所の方は、大丈夫だろうな？」

「大丈夫ですよ。だいたい診療開始時間って、午前10時からなんですよ？」

「そりゃあ、そうだけどよ」

「土日は休みですし。特にすることもないので、お昼まで寝てます」

「疲れが溜《た》まってる証拠じゃないの？　おれ、小野田さんに怒られるじゃん」

「それで全回復するから問題ないです。あ、大将。唐揚げと鶏軟骨揚げ、出ます」

「菜生チャン。4卓さんはね、シーザーサラダね」

「4卓さんシーザー、了解でーす。すぐ出まーす」

変わったことといえば、里磨さんとポジションを代わったことぐらいだけど。これはあたしからの提案で、大将も里磨さんも喜んで賛成してくれた。

「あとカウンター、1名さんねー。ご新規さんねー」

「ご新規さん、ありがとうございまーす。はい、お通しお願いしまーす」

あたしは人間観察がクセだけど、それは頭の中で「絵」として覚えている。

写真を撮って残すと言った方がいいのか悩むのは、そこまで鮮明ではないからで。全体像は詳細に残らないくせに、自分の興味や目が向いたものなら、どんな些細なことでも鮮明に残ってしまう。それが声なら「絵」ではなく「録音」として、動きや癖なら「動画」として再生される。

ところがお客さんからの「注文」はその人の「絵的な特徴」にはならず、耳から入ってくる「記号」でしかない。さらに言ってしまうと、注文内容に興味が向かないので、頭の中でテーブル番号やお客さんと繋がらない。そしてなにより、アチコチから同時に声をかけられても、あたしの入力端子はひとつずつしか処理できない。

そして認めたくないけど、やはりあたしは営業系の接待が苦手だということ。

つまりホールスタッフのバイトは、決定的に苦手だということだった。

そんなあたしと違って、里磨さんはやたらと記憶力がいい。

「はいはーい。ジンジャーハイボールのジンジャー濃いめ、生グレサワー、レモンサワー、焼酎《しょうちゅう》の梅ねー。生グレは絞ってくる？　梅は潰《つぶ》す？　お湯はどうするねー」

だから濃いめとか薄めとか、梅干しは潰さずにとか、イレギュラーな注文や追加トッピングまで、すべてその場でメモも取らず完全に覚えることができてしまう。

そしてあたしと決定的に違うのは、たとえ相手が酔っ払いでも愛想がいいこと。つまり里磨さんの方が、ホールスタッフに向いているということだ。

「あはははっ。そうねー、それは信じられないねー」

ならば、あたしがキッチンスタッフとして入ったらどうだろうと考えてみた。

決め手は、厨房の奥にオーダーが入ると「卓番号の入った注文票」を貼《は》って、その順番に作って出せばいいことだ。

つまり目の前にメモが貼ってあり、その順番に作っていくだけ。揚げ方や盛り付け方も決まっているので、すべてメモして目の前に貼っている。あたしに「注文してくる人」は大将と里磨さんだけなので、対人的な対応に困ることも慌てることもない。

壊滅的に料理ができないと、今までは信じていたわけだけど。レシピに忠実に従えばいいのは診療所と同じだった。注文票とメモさえあれば、注文受けと違ってとりあえず忘れることはない。もちろん孤独で単調な作業は、逆にウェルカム。

ただ唯一の苦行は、同時進行で段取り良く調理しなければならないこと。

手際よくとは、なんと難しいことだろうか。

それをサポートしてくれたのが大将で、お客さんの注文内容によっては順番を変える指示をくれた。里磨さんからは「酔っ払ってるから遅くてもいいよ」なんていうありがたい情報をもらえる。このふたりには本当に甘やかされているというか、世の中にはいいバイト先もあるものなのだと、この歳になってあらためて実感している。

「しかし里磨のポジションチェンジは、気づかなかったなぁ。最初からキッチンで募集かけてれば、店の回転もスムーズになってたんだな」

「よかったです……けど今度は、あたしがキッチンを止めてませんか？」

「大丈夫、大丈夫。それぐらいで普通だから」

今日はそれほど忙しくないままラストオーダーを迎え、大将と雑談までしている。

ただ里磨さんとの関係はまだ聞けていないけど、それはどうでもいいことだろう。

「けどさ。そこ、大丈夫？　おれは今まで全然気づかなかったんだけどよ、関根ちゃんは里磨みたいに熱中症になったりしないワケ？」

「水分、糖分、塩分。イオン飲料水に、塩タブレット。ここには扇風機もありますし、キッチンの暑さ対策は十分ですよ」

「ジュース飲んで……塩っ気とタンパク質だっけ？」

「小野田先生が言うには、タンパク質を摂ると意欲が湧いてくるらしいですね」

「だったらそこの唐揚げとか軟骨揚げとか、勝手に揚げて食ってもいいからよ」

「いや大将、それはダメですって」

ラストオーダーが23時30分なので、そこから注文を出し切ってキッチンを片付けたり床掃除と消毒をしたりで、だいたい帰るのは深夜0時30分過ぎになる。

大将はすぐに「小野田先生との約束が」と言って、ラストオーダーで帰そうとするけれど。高校生でもないかぎり、居酒屋のバイトはだいたい「前半」「後半」「開店から閉店までの通し」の3種類で、後半はラストまでが普通だ。そもそも18時からというイレギュラーな時間から始めさせてもらっているのに、閉めの作業もせずに帰るのはあまりにも気が引ける。

それになぜか帰ったらいつもお風呂が沸いているので、そのまま湯船にジャンプ・イン。あがって部屋でゴロゴロしていると、深夜1時を過ぎたあたりで寝落ち。翌朝はいつも通り9時すぎに起床しても8時間は寝れているという、贅沢《ぜいたく》な状態だ。

これで体調を崩すようなら、東西線の通勤戦士たちに謝らなければならないけど。今まで頭痛持ちじゃなかったのに、最近ちょっと増えているのは気になっている。

「てことで、関根ちゃん。これ、手渡しで悪いけど」

「あ、給料日ですね⁉」

「給与確認は、次回来るまでしか受け付けないんでヨロシク」

いまだに銀行振り込みではないことに驚いたけど、日払いも当たり前な夜の世界には、まだまだ普通に存在するという。

「……あれ、大将」

勤務時間を確認していると、微妙に上がった時給が混ざっているのに気づいた。

「んっ、シフトの日数？　計算間違い？」

「いえ。なんか時給が、途中から上がってて」

「だってキッチンの方が、30円高いからよ」

「え……じゃあ、里磨さんの時給は」

ものすごく体裁悪そうに、大将が短い髪をかき上げている。

里磨さんはというと、聞こえていないふりでテーブルを片付けていた。

「まぁ、里磨はアレなんで……据え置きにしてるから、気にしなくていいよ」

「じゃあ、あたしのせいで里磨さんの時給が下がるワケじゃ」

「ないない。里磨は、そういうアレじゃないから」

「……なら、いいんですけど」

なんだろう、この意味深だけど聞いてはいけない感じの「アレ」とは。

ただあたしの提案で、人件費の負担が増えたことに間違いはない。その分がんばって大将のサポートができるよう、この奥キッチンは全力で回さないとダメだ。

「ほら、関根ちゃん。今日は、もう上がっていいぞ」

「え？　まだ掃除と消毒が済んでないですけど」

「いいよ、あとでやっとくから」

「でも、やっぱりメの作業までしないと」

「いいの、いいの。給料日なんだしさ」

早上がりと給料日に何の関係があるのか戸惑っていると、大将と里磨さんが微妙なアイコンタクトを交わして笑顔を浮かべていた。

なるほど、なんとなく「アレ」の理由がわかったような気がする。

ここでいつまでもあたしがいると、逆に「お邪魔」というヤツになるだろう。

「じゃあ、お先に失礼しますね」

「はいよ、お疲れさん！」

「菜生チャン、またねー」

タイムカードを押してエプロンを返し、スタッフルームからカバンを取り出せば、あとはもう歩いて帰るだけの気軽さだけど。

「……あのふたり、そういう関係なのかな」

なんて勝手に想像しながら、吐息が白くなった寒空を見あげた。

時給1150円で、22時以降は1438円。だいたい18時から24時30分ぐらいまで入っているから、1日約8300円。今は木曜、金曜、土曜の週3日なので、1ヶ月だと約10万円になり、もらった明細書に間違いはない。

でもこれで、いかに人件費が高いかだけは理解できた。

「小野田先生、あたしにめちゃくちゃな手取りを提示してくれてるなぁ……」

んん診療所の手取りは、破格の約25万円。生活費には食材費で1万円、光水熱費は定額5千円を払っているだけで、住居費は福利厚生という名で無料の部屋貸し。スマホはソシャゲの推し沼にはまってないので、通信料の6千円で済んでいる。

あたしだってそれだけで生きているわけじゃなく、それなりの文化的な生活を営んでいるから、生活費を合わせて月にだいたい5万円は使っていることになるけど。

「……毎月、20万も残るんだよね」

つまり10万＋20万で、月に30万円の貯金ができることになる。

これはかなり、異常なペースの貯金額だ。

「あれ……でも、待てよ？」

通帳残高27万円が過去の話になって、ずいぶん心が軽くなったのもつかの間。

この生活を来春まで続けることができたとしても、学費の最低額220万までは、約7ヶ月以上かかることに今さら気づいた。

1年以内に220万の貯金なんて、それこそキャバ嬢さんでもやらないとムリな額だとはいえ。それでも来春の入学時には間に合わない。

とりあえず入学金と1年目の授業料を払って、残りは通学しながらバイトをしても——診療所での扱いは授業時間から考えて、正職のままでいられるはずがない。

それに学校とバイトと、できる範囲で診療所のお手伝いなんて、そんな器用なスキルをあたしは持ち合わせていない。

一点突破型と言えば聞こえはいいけど、要は不器用なのだ。

「あー、また頭が痛くなってきた……」

やはり体力的にキツいのか、あるいはあたしが軟弱なのか。言い回しで「考えると頭が痛くなってくる」とは聞くけど、本当に痛くなるなんて。ついでに腕とか首とか、なぜか知らないけど顎まで、とりあえず体もあちこち痛い。

カバンに入れておいた市販の鎮痛剤を、残りのイオン飲料水で飲み込んだ。先生に言うと心配された挙げ句、バイトを禁止されるかもしれないので内緒だ。

解決したようで実は解決していなかった、栄養士専門学校の学費問題。

寒空の下を歩きながら、帰って温かいお風呂につかることだけを考えたいのに。

「高収入バイトって文字の訴求力、今ならすごく意味が分かるわ……」

考えても仕方のないことが、気づけば頭をグルグル回って止まらなくなっていた。

▽　▽　▽

最近、朝起きたら必ずやることがある。

それは今日が「木曜日かどうか」をカレンダーで確認することだ。

どうやらあたしの中で、木曜日が１週間の「始まりの曜日」になりつつあるらしい。理由はもちろん、居酒屋「禅」でのバイト３連日が始まるからなのだろう。

だからといって、診療所での仕事を疎《おろそ》かにしたつもりは全然なかったのだけど。

「はよざまーす」

今日は朝イチ、大城さんが来ることは先生から聞いていた。

ダイエットはうまくいってたはずなのに、急に何があったのだろうか。

「おはようございます、大城さん。今日は、朝からどうされたんですか？」

「や、先生には言ってたんですけど……」

「え――」

慌ててメモを見ると「不眠の大城さんのカロリー相談」と書いてある。

そうだ。大城さんが昼夜逆転どころか不眠傾向になっているから、ちょっと食事内容を確認しておいて欲しいと、朝の散歩に出かける前に言われたばかりだった。

こんな直近のことを忘れるなんて、どうかしてると思うけど。やはり反射的にメモを取ることは大事だと、あらためて実感する。

「――あ、あれですよね。寝れなくなっちゃったんですよね？」

よく見ると大城さんは珍しく執筆用のノートPCを持っておらず、小柄なボディバッグだけでカウンターに腰を下ろしていた。

「そうなんですよ。マジでモヤモヤっていうか、頭の中を同じことがグルグル回って。今日は先生に薬をもらいに来たんです」

「まだ毎日、Ｗｅｂ連載中なんですか？」

「出版社からは、書籍化の声がかかりました」

「え、えっ⁉　お、おめでとうございます！」

「あざっす」

大城さんは、サラッと言っているけど。出版が決まるって絶対そんなに簡単なものじゃないと思うし、とても喜ばしいことだと思う。

そんなおめでたい状況なのに、何をモヤモヤと考えて眠れなくなっているのだろうか。

そしてその結果、摂取カロリーにどんな問題が起きたのだろうか。

「コーヒー。どうします？」

「あーっと……ブラックで、お願いします」

あの大城さんが、黒糖シロップどころか、ミルクも入れない。ということは摂取カロリーの上限2200kcalで、かなり困っている証拠だ。

「カロリー、ちょっとぐらい……ガムシロも入れる余裕、なくなりました？」

とりあえずコーヒー豆をグラインダーで挽き、フレンチプレスで4分間。今日は黒糖もガムシロもミルクも入れずにブラックで出すと、大城さんはそれと引き替えのように、体重とカロリーを管理しているアプリの画面をすっと差し出した。

「……こんな感じに、なっちゃいまして」

「さ――ッ⁉」

あれだけ2200を死守していた大城さんが、3929kcal摂取していた。

この1週間、どの日を見ても似たようなオーバーカロリーのオンパレード。ダイエットアプリのマスコットキャラが、泣き顔で29点を提示していたのが印象的だ。

「気づいたら、間食で1800kcalを越えてたりして……これから先、摂取カロリーをどう調整したらいいかと思って」

「なにか、どうしても食べたいものがあったんですよね？」

「や……コーヒーと野菜ジュースで、耐えてたつもりだったんですよ」

「コーヒーと、野菜ジュース？」

嘘みたいだったけど、記録は嘘をつかない。

真面目な大城さんだからこそ、辛い思いをしながらも記録を残してくれていた。

砂糖とミルク入りのコーヒー10杯で290、野菜ジュース180mlを10杯で590、コーヒーゼリー1個で272、コーラ1缶158、カフェモカ1杯が193、ポテチ1袋の334で、たしかに合計すると1837kcalだった。

コーヒーも野菜ジュースも、品目というより10杯という量があまりにも問題だ。コーラやカフェモカもあわせると、常に何かを口に運んでいたレベルだろう。

「チョコはガマンしたんですけど……これじゃあ、意味ないですよね」

悲しそうに視線を落とす大城さんだけど、自暴自棄になったのではないだろう。

その証拠に気を使ってなのか、1日1回のラーメンはいつもよりカロリーの低い「もやしラーメン」529kcalを選んでいる。大好きな「ごっそりラーメン（並）」なら、その約1・8倍の949kcal。それに、ライスも付けていない。

葛藤《かっとう》して我慢して、それでも耐えられずにコーヒーと野菜ジュースを口にしてしまった結果が、これなのだ。おそらくそれほど、強いストレスがあったに違いない。

「なにがあったんですか。出版も決まったのに」

「なんていうか……書籍化の打診が、2社から来たんですよ」

「すごいじゃないですか、引っ張りだこですね！」

「それがですね。1社はデビュー元のレーベルAで、もう1社はまったくのご新規さんのレーベルBなんですよ」

「へー。やっぱり、提示される条件も違うんですか」

ただ単に人気者というだけで、そんなに悩むようなことではないと思うけど。

ちょっとだけコーヒーに口をつけ、大城さんは大きなため息をついている。

「……ご新規さんBの方が、なにかと条件がいいんですね」

「入札って、そういうので選べばいいんじゃないんですか？」

「でもデビュー元のレーベルAって、ボクを拾ってくれた担当さんなワケですよ」

「あ……なるほど」

「でも、ご新規さんBとも繋がっておかないとですね。この業界は出版社に飛び込み営業をしても、企画が通ることとって、まぁレアなんです——」

飛び込み営業がどれぐらい辛いことで、ほとんどがムダで成果の出ないことか。少しぐらいは、あたしにも理解できるつもりだ。

「——なので出版社から声をかけてもらうか、やり取りのある編集さんに企画書を出すか、新人賞に応募して受賞するか、それぐらいしかないんです。連絡できる編集さんを増やすことは、すごく大事なことなんですけど……デビューさせてもらったところに、ご恩もあるわけじゃないですか」

「それで悩んで、こんなにコーヒーや野菜ジュースを」

不意に大城さんは、真顔になった。

「関根さん……やっぱり、お金って大切ですよね」

「ですね。お金は大事です」

「関根さん、学費の方はどうです？」

「ちょっと、間に合いそうになくて……けっこうヤバいです」

「ですよね。200万って、そんなに簡単に――あれ？　関根さん、頭痛ですか？」

「え、なんでです？」

「だって眉間にシワを寄せて、こめかみを押さえてるから」

無意識とはいえ、患者さんに気を使わせてしまうとは。

けど最近、どうもこの頭痛が増えている気がしてならない。

「あんまり頭痛はしない方だったんですけど、いろいろ考えてると……なんか」

「その仕草、最近よく見かけますよ？」

「そうですか？　そんなには、してないと思いますけど」

「それ、小野田先生に言いました？」

「え？　これは、ただの頭痛ですから」

「や、ダメでしょう。小野田先生には、健康上のことなら何でも言わないと」

「いやぁ、もしかするとバイトを辞めろって言われるかも――」

いきなり入口のドアが勢いよく開いて、いつも通りの時間に先生が帰ってきた。

頭痛の話は、ギリギリ聞こえていないはずだ。

「はよざまーす」

「おーう、大城さーん。ごめんねー、忙しいのに遅くなっちゃって」

「いえ。ボクも関根さんに話を聞いてもらって、ちょっとスッキリしたっていうか」

「やっぱり話し相手が関根さんだと、違うモンなんだなぁ」

「や、先生に話した時も、スッキリしましたけど」

「いいよ、気を使わなくて。最近、そういう患者さん多くてさ。オレ、出番ないの」

珍しく帰って来るなり白衣を羽織った先生が、カウンターの中に入ってきた。

大城さんは今日の話をすでに先生としていたのだろうか。

「あの、大城さん？　もう、先生とはお話し済みなんですか？」

「や、先週金曜の夜、ちょっとボクが先生にムリを言って」

あたしがバイトに行っている日だ。

たしかに表記診療時間は、17時までだけど。昼夜逆転した挙げ句に不眠になっていると連絡があれば、先生なら間違いなく「ちょっと今から来い」と言うだろう。

いつの間にか、小野田先生があたしの隣に立っていた。

「食事内容をどうするかって話は、どうしても関根さんと相談したいって言うもんだからさ。どう、話した」

たしかに大城さんは、スマホ画面を見せたあとに言った。

――これから先、摂取カロリーをどう調整したらいいかと思って。

それから大城さんに何があったのか話を聞いて、気づけばお金の話に脱線して、いつの間にか自分の話をしてしまっていたのだ。

「あの、関根さん……ボク、やっぱり先生には……その」

「え……？」

「なになに。なんでも言ってごらんなさいよ、ラクになるから」

気まずそうな顔をして、大城さんがわずかにあたしから視線を逸らした。

「先生。関根さんは……最近、頭が痛いみたいです」

「ちょ、大城さん!? それは内緒に」

「や、ボクは、先生には言った方がいいと思います。最近ちょっと、心配でしたし」

小野田先生は、すでに何かに気づいているのではないだろうか。

ジッとあたしを見たまま、ポツリとつぶやいた。

「頭痛か……なるほどね」

「いや、些細なものですし……」

「関根さん、それっていつからなの？」

「……いつからっていうか、気づいたらっていうか」

あたし自身もどう言っていいか困っていると、先生は優しく声をかけてくれた。

「オレも颯も大城さんも、みんな関根さんのことが心配なんだよね。なにせ何でもひとりで頑張って耐えて、全身じんま疹だらけになった既往《きおう》のある人だから」

誰かのために役立ちたいと思いながら、あたしはまたみんなに心配されている。

「気持ちは、とてもありがたいんですけど……これは、ただの頭痛ですから」

「まぁまぁ。それを診断するのが、オレの仕事だからさ」

「せ、先生の診断は……何なんですか」

心配されていながら、すごく感じの悪い口調になっている自分が嫌すぎる。

本当に、可愛げのない女だと思う。

「緊張型《きんちょうがた》頭痛、疑い」

鼻先まで近づいて来た先生の瞳にまっすぐ見据えられて、身動きもできない。

そしていつものせっけんの匂いが、ふわりと舞う。

「なん……ですか、それ」

ふいっと先生は、あたしに背を向け。カウンター内にあるモニターの前で、バチバチとキーボードを叩き始めた。

「除外診断なんだよね。だから紹介状を持って、来週月曜日に検査へ行って来てよ」

「除外？　来週？　って、なんの検査に行くんですか？」

「頭部MRIとMRA、脳波、心電図、超音波ってとこかな」

「そんなに！　だって検査って、急にやってもらえるものじゃ」

「オレの知り合いに頼んで、空きにねじ込んでもらうから大丈夫」

話の展開が早すぎて、ついていけない。

そもそもこの頭痛は、そんなに急いで検査しなければならないものだろうか。

「あの……頭痛薬でも出してもらえれば、あたしはそれで」

「あぁ。あとでイブプロフェンか、ジクロフェナクナトリウムを出すけど」

「え……じゃあ、検査はしなくても」

キュイッとイスを回して、先生が振り向いた。

「それは対症療法。根本的な問題が解決しないと何やってもダメだって、自分のじんま疹で勉強したじゃん？」

ということは、先生はこの頭痛も心身症状だと疑っているということだろうか。

たしかに居酒屋のバイトを始めて、生活のサイクルは忙しくなったけど。強いストレスを感じているとは、とても思えない。大将も里磨さんもいい人で、むしろあたしは助けられている。キッチンだから接客もほとんどなく、酔っ払いに絡まれることもない。

そしてバイトがあっても、なんだかんだで7～8時間は寝られている。

なにより、あたしの「ストレス警報」である「じんま疹」が出ていないのだ。ストレスというよりは、世間でよく聞く「片頭痛《へんずつう》」ではないだろうか。

「まぁまあ、関根さん。そんな深刻な顔をせず、イージーに。これ、紹介状ね。月曜日は『研修』で休みにしとくから。大城さんも、食事相談は今度でいいかな?」

「もちろん、ぜんぜんＯＫです。関根さん、優先で」

「いや、それはＯＫじゃないと思いますし……だいたい先生、研修って?」

「患者さんの気持ちを理解するために、各種検査の体験学習をしてくる感じで」

何がなんだか、本当によく分からないまま。

手渡された紹介状の封筒には、見覚えのあるＴＫ大学の文字があった。

▽　▽　▽

週末のバイトも、時々ちょっと頭が痛いのが気になる程度で3日間終わり。

日曜日なんて、頭痛とは無縁のままゴロゴロして過ごしたというのに。

それでも月曜日の今日は、思いっきり都心の駅に隣接した商業ビルにＴＫ大学が開院した、いわゆる「駅近クリニック」へ紹介状を持って検査に行ってきた。

ＴＫ大学病院も近代的だったけど。ビルのワンフロアですべての健診ができる検査機械がそろっているのに床は絨毯《じゅうたん》張りという光景も、あたしには珍しかった。

映画でしか見たことのなかった円筒機械の中にすっぽり入れられ、超近未来的な音が鳴り続けるのになぜか眠くなるという、頭部MRI検査と脳血管撮像。電極の付いたメッシュ帽みたいなものを頭にかぶって、髪がベタベタになった脳波検査。あとは健康診断でよく見かけた心電図検査をして、超音波検査でパシャパシャ写真を撮られて帰ってきた。

「お疲れだったね、関根さん。そこに座って」

検査結果は、USBメモリーに入れてお持ち帰りさせられ。

今はノートPCを置いたソファー席で、小野田先生の向かいに座っている。

「なんか検査って、あれだけ続けてやると……思ったより、疲れますね」

「針刺しとか胃カメラとか、痛苦《いたくる》しい検査はなかったでしょ？」

「そうなんですけど……なんか、すごく重い病気になった錯覚に陥りました」

USBを挿《さ》した先生は、手慣れた感じでクリックとスクロールを繰り返している。

どうやら結果は、小野田先生が評価してくれるらしい。

「あー、関根さん」

「は、はい！　何か病気が見つかりました⁉」

「カフェオレ、もらえるかな。練乳はいつもの倍入りで」

「あ、はい……倍、ですね」

つまり、練乳大さじ2杯の入ったカフェオレ。どれだけ血糖を上げるつもりだろうかとコーヒー豆を挽きながら、それだけ集中しているのだということに気づいた。

血糖が下がると集中力が散漫になる——先生が常に言っていることのひとつだ。

「あと、冷凍庫にストックしてた関根さん用のチョコ。もらっていい？」

「あれは先生が買って来てくれたものですし、別にあたし専用ってわけじゃ」

それっきり集中してクリックとスクロールを繰り返している先生に、極甘カフェオレと湯煎でハート型に固めたチョコを持って来て渡した。

「サンキュー」

「何か、異常はありそうですか」

「あったら困るんだよねー」

口調は軽いけど、USBを挿してからの先生はずっと真顔だ。ただ指先がクリックとスクロールを繰り返し、両目がせわしなく上下左右を往復しているだけ。

別の検査結果に切り替える時だけ、カフェオレをひと口と、チョコを1個。

そうして午後の日射しが、少しだけ暖かくなった頃。

「はい、終了。終わり、終わりましたーっ」

「お、お疲れさまでした」

突然ノートPCを閉じた先生は、冷めた極甘カフェオレを一気に飲み干した。

「関根さん——」

「は、はい……」

「頭蓋内構造、脳血管、脳波、心電図、心血管系、すべて異常なし。ついでに撮ってくれてた肝臓や腎臓系の超音波検査も異常なしだ」

「……よ、よかった」

「てことで、関根さんの頭痛は『緊張型頭痛』だな」

「なんですか、その頭痛は」

「ひとことで言うと『検査で検出される異常を持たない頭痛』で『片頭痛ではない頭痛』ってとこかな」

「えっ。これ、片頭痛じゃなかったんですか？」

集中力が切れたのか、どさっとソファーの背にもたれて大きく息を吐いている先生だけど。なんでそんなに、困った感じの顔になっているのかわからない。

「片頭痛の診断基準は症状診断とはいえ、関根さんはそれを満たさない。まぁ世間の自称頭痛持ちの人たちで、医者がまともに診断してることは少ないんだけどね」

「そうなんですか⁉」

「患者さん本人が勝手に自己診断してるだけだったり、あるいは医者もよく分かってなかったり、片頭痛と緊張型頭痛の区別がつきにくいヤツだったり。だからめんどくさいので『片頭痛』と診断して、薬を出してるだけの医者は多いよね」

「めんどくさいって、ひどくないですか？」

「実際に関根さんの頭痛って、日常生活に支障がないわけでしょ？」

「え？　あ、まぁ……仕事もバイトもできてはいますけど」

「体を動かすと酷くなって歩けないとか、階段を昇るのも辛いとか。吐きそうになったり、目がチカチカしたりすることもないでしょ」

「そこまで酷くは……」

「1日中ずっと痛いとか、酷い時は2日以上痛いとかは？」

「……ないです」

「だろうね。関根さんのは、片頭痛じゃないから」

「じゃあこの頭痛って、何なんですか？　痛いのは、嘘じゃないんですよ？」

「だから、医者がめんどくさがるんだよ。あーはいはい、あなたの疑っておられる通りでいいですよ、鎮痛剤とか片頭痛のお薬をお出ししますね、って帰すの」

「片頭痛じゃないのにですか⁉」

「症状から『お医者様』がそう判断して、カルテには『片頭痛』と書いたんだから、それは片頭痛なのさ。薬が効かなければ、別の病院に行くでしょって感じだね」

「な────ッ！」

その説明を聞いて、嫌な過去を思い出した。

確かあたしの「じんま疹」の時も、そうやってたらい回しにされたのだった。

「関根さん。これって、身に覚えがある展開じゃない？」

「まさか、先生……この緊張型頭痛の原因って」

「ストレスのことが多いよね」

「……ストレス？　この頭痛がですか？」

「ほら『考えただけで頭が痛くなる』って、よく言うじゃない」

「えっ……あれって、本当に頭痛がしてるんですか？」

なんだか訳がわからなくなり。

今度はあたしが脱力して、ソファーの背にもたれかかってしまった。

「なにか飲む？　オレ、淹れるけど」

「あ、すいません……カフェオレ、もらえますか」

ノートPCを片付けながら、先生は肩を回して立ち上がった。

「チョコも食う？」

ミルクフォーマーで牛乳を泡立ててもらう、先生のカフェオレも久しぶりだけど。

またストレスにヤラれていたのかと、自分に辟易《へきえき》するのも久しぶりだ。

「すいません……ありがとうございます」

「すいません、すいませんって、気を使いすぎでしょ。いいんだよ？　ふかふかのタオルケットにくるまるように、べったりオレに甘えてもらってもさ」

「……いや、それはちょっと抵抗が」

「なにそれ、颯の方がいいの？　あ、大城さん派？」

「いや、先生がダメとか、誰がいいとかじゃなくて」

正面に座った小野田先生は、首をかしげたまま笑っていた。

そんなに見つめられたままだと、カフェオレの味も分からなくなってしまう。

「先生……あたしの頭痛の原因になってるストレスって、何なんでしょうか」

「自分では、どう思ってるの？」

「だって、おかしいじゃないですか。別に大将も里磨さんも嫌いじゃないっていうか、逆にふたりのことは好きっていうか、お世話になってて……バイトのあとも7〜8時間も寝れているホワイト職場なのに、ストレス性の頭痛だなんて」

ようやく視線をあたしから天井へ移した先生も、ソファーの背にもたれた。

少し困った顔には「何から説明しようかな」と書いてある。

「その名の通り、緊張型頭痛の多くは『緊張による筋肉痛』なんだけど――」

「えっ、待ってください。今、頭痛の話ですよね」

「だよ？」

「でも今、筋肉痛だって」

「頭の周りには薄い筋肉が、頭蓋骨を取り囲むように張られていてね。前頭筋《ぜんとう》、耳介筋《じかい》、側頭筋《そくとう》や後頭筋《こうとう》。首からは胸鎖乳突筋《きょうさにゅうとつ》が伸び、肩からは僧帽筋《そうぼう》が広がっている」

「頭の骨って、そんなにたくさんの筋肉に囲まれてるんですか」

「そう。だから頭蓋骨を包んでいる筋肉が常に緊張して収縮していれば『頭蓋骨の外側で筋肉痛になる。一番多い表現は『こめかみが痛い』とか『ストッキングで締めつけられるように痛い』とかってヤツだね」

「あ……」

「そういう頭痛だった？」

「……でもあたし、バイトでそんなに疲れてるワケじゃありませんし」

「ところがだ――」

先生の出してくれたハート型のチョコをつまんで、思わず食べてしまった。

こうやって大城さんも、摂取カロリーが増えていったのだろうか。

「――筋肉の緊張というのは、実際に身体が受けている物理的なダメージだけじゃないんだ。色々と考えて不安になる『精神的なダメージ』でも、常に神経がピリピリと緊張して、頭蓋骨を囲む筋肉に微弱な収縮信号を送り続ける。まさに『考えただけで頭が痛くなるやつの病理だね」

まさかあの言い回しが、本当に医学的にも説明できるとは思っていなかったけど。

つまりあたしは常に何かを不安に感じて、精神的なダメージを受けていると？

「でもそれじゃあ、なにも考えちゃダメってことになるじゃないですか」

「少なくとも関根さんが考えてる『不安なこと』を、体はひどく嫌がっている」

「ひどく、というほどじゃ……ないと思うんですけど」

チョコを取ろうと伸ばした指先が先生と触れてしまい、体に変な電気が走った。

また戻って来た先生の視線が、あたしから離れようとしない。

「なにをそんなに悩んでるの？」

「いや、それは……」

大きなため息をついて、小野田先生が諦めたように立ち上がった。

「どんな些細なことでもいいから、ともかくひとりで抱えず、ギリギリになる手前でヨロシクってやつ。忘れた？　前に約束したじゃん」

たとえこの頭痛が、何かストレスを受けた結果の症状——緊張型頭痛だからといって、学費に目処が立つわけじゃない。

ましてや日常生活に支障が出る片頭痛ではないと、小野田先生が診断してくれたのだし、なにより例のストレス危険信号である「じんま疹」が出ていない。

つまりまだ、先生の言う「ギリギリ」の精神状態なんかじゃない。

ならば逆に、うまくこの頭痛と付き合いながらバイトを続けることはできないだろうか。

でないとあたしには、いつまでたっても栄養士になる未来は訪れない。

「先生。申し訳ないんですけど……バイトは、もうちょっとだけ」

そう口にした時、静かに入口のドアが開いた。

振り向くとそこには、しょんぼりと肩を落としている瀬田さんが立っている。

「おーう、瀬田さん。今日はまた、いつもより弱ってんなぁ」

「クマ先生ぇ、頭が……〆切りが前倒しになって、また緊張型頭痛が……」

その言葉に、思わず立ち上がってしまった。

「えっ！　瀬田さんも⁉」

「……菜生りんも？」

妙な仲間意識というか、安心感というか。

病院の待合室で意気投合して仲良くなるお年寄りの気持ちが、少し理解できた。

「小野田先生。鎮痛剤以外に緊張型頭痛を治す『ご飯』って、ないんですか？」

「治すことはできないけど、軽くすることは」

「それ、なんですか⁉」

自分でもちょっと、食いつきすぎて恥ずかしくなったけど。

この頭痛を少しでも良くするものがあるなら、すぐにでも食べたい。

「お風呂で顎まで湯船につかること」

「え……ご飯じゃないんですか？」

「筋肉痛だよ？　首と背中からの胸鎖乳突筋と僧帽筋を温めて、できるだけ溜まった乳酸を流して筋肉をほぐす。だから肩までじゃなく、顎までつかって欲しいね」

「プロテインとかは、どうですか？」

「なんで筋トレになるの。まぁ、飲んで損はないけど」

瀬田さんも緊張型頭痛なのに、ちゃんと原稿を書いているのなら。あたしだって同じように、バイトができるはず。

そんな根拠のない自信が、不意に湧いてきたのだった。

「先生。やっぱりバイトはもう少し、続けさせてください」

「関根さん。瀬田さんは心身症状のデパートだから、基準にするのは──」

小野田先生はヤレヤレとため息をつきながらも、強い口調で否定はしなかった。

あたしはそれを、許可だと受け取りたい。

「──ともかく。ギリギリになる前に、絶対止めるからね」

ぜんぜん笑っていない目で、釘《くぎ》を刺されたものの。

あたしだって、じんま疹のラスボスでまぶたや唇が腫《は》れあがったこともあるのだ。じんま疹が出始めてから考えても、遅くはないはず。

そんなおかしな自負心が、まだやれるという過信に繋がってしまっていた。

その夜、お風呂で湯船に顎までつかりながら。

いつもバイトから帰ると、なぜかお風呂が沸いていたことを急に思い出した。

それはあたしが何も知らず、世界一幸せなお風呂につかっていたということだ。

▽▽▽

ともかく、何か悪い病気が隠れている頭痛じゃないことは分かった。

もちろん2日に1回ぐらいは頭痛があったのだけど、居酒屋での週3バイトにもずいぶん慣れてきたし、相変わらず大将と里磨さんとはうまくやれている。

もしかすると「顎まで湯船につかる」方法で、やり過ごせるのではないだろうか。


「大将、確認お願いしまーす」

土曜の午後14時。

レシピを教えてもらって任された、鶏の唐揚げや軟骨揚げの下準備。焼き鳥用精肉の下処理と串刺し作業。お通し用小鉢の盛り付け、枝豆や冷《ひ》や奴《やっこ》の作り置きなど。

つまりまだストレスがギリギリの状態ではないと判断したあたしは、診療所が休診の土曜は大将の下ごしらえも手伝わせてもらうことになった。

今日はその2回目だけど、成果は上々。週のバイト代も約4500円、月額では2万円前後増える。学費貯金の決定打にはならないけど、何もしないよりはマシだ。

「おぉっ？　関根さん、完璧じゃない。ヘタすると、里磨より覚えが早いかも」

「いやぁ、それは褒めすぎですよ」

「なるほどね……あの小野田先生が関根さんを引き止めたの、わかるわぁ」

この歳になって初めて、褒められて伸びるタイプだと言う人の気持ちがわかった。

まるで「伸びしろがある」と言われているみたいで、とてもやる気になるのだ。

「里磨さん、大丈夫ですか？　まだ体調、悪いんですよね」

「え？　あ、あぁ……まぁ、すぐにどうなるモンでもないしな」

「それって慢性の、なにか悪い病気なんじゃ」

「いや。病気どころか、なんていうか」

「小野田先生に診てもらって、お薬とかもらった方がいいんじゃないです？」

「いやいや、薬はダメだな」

「薬がダメって……え、えっ？」

「うーん、まぁ……そういうことだわ」

テヘッと子どもみたいに笑う店長を見て、ハッと気づいた。

体調が悪いのに病気でもなく、薬はダメ。そんなもの、妊娠以外に思いつかない。

ただ大将と里磨さんの関係は、いまいち理解できないままなのだけど。

「それで仕込みに、あたしを……あ、おめでとうございます」

「いやいや、どもども」

「じゃあ、大将。毎日ひとりで、大変じゃないですか」

「まぁ、昔に戻ったと思えばなぁ。とりあえず平日はなんとかなるし、里磨も毎日調子が悪いワケじゃないけどよ。さすがにこの歳だと、週末にひとりはキツくてな」

「もし必要でしたら、あたし月曜から水曜も大丈夫ですよ？」

「とんでもねぇや。そんなことしたら、おれが小野田先生に絶交されちまうっての」

「いやぁ、それがですね。ちょうどあたしも、他にバイトがないか――」

慣れた感じで作業の手も止めないまま、話が弾んでいた時。

珍しくポケットの中で、あたしのスマホが振動し続けていた。

ざっと手を拭き、なんとか切れる前にポケットから取り出したけど。そこに浮かんでいたのは、極めて珍しい小野田先生の名前だった。

その瞬間、ばくんと心臓が一拍だけ血液を大量に吐き出した。一気に体を駆け巡って耳まで到達した血液で鼓膜は拍動し、耳たぶがまっ赤になっていくのがわかる。心拍数は上がり続け、シャツの上からでもバクバクしているのがわかる。

あり得ない――先生はいつもメッセージだけで、電話をかけてこない。唯一あるのは折り返しだけで、もちろんあたしは先生に電話なんてかけていない。

前職の時代から、この悪い直感は身に覚えがある。

これは緊急の連絡で、しかもあたしのミスが原因である確率が非常に高いのだ。

「た、大将！　あの、で、電話が！」

「……え？　どこ？　店の電話なら、おれのケータイに転送されるはずだけど」

「あ、その――し、診療所っていうか、小野田先生からで」

「小野田さんから？　はやく出なよ。なんか、ヤベーことなんじゃない？」

冗談半分の大将に、愛想笑いも返せないまま。

なんとか切れる前に、スマホの通話をフリックできた。

「は、はい……お疲れさまです、関根です」

『あー、関根さん？　ごめんねー、確認したいことがあってさ。今、電話いい？』

相変わらずの軽い口調だし、もしかしたらあたしの考えすぎかもしれない。

洗濯した白衣を、どこに干したのか聞きたいだけとか――。

『カウンターにあるPC机の引き出しで、大城さんに見せてくれるように頼んでおいた、昔の尿酸値データを見つけたんだけど。あれ、いつ渡されたの？』

「えっ！　と、あれは……」

あたしの直感は衰えていなかった。

あれは確か、先週の月曜日――ということは、すでに10日以上も前の話だ。大城さんからメールで送られてきたものをプリントアウトして、それから？

あたしは「早く先生に見せないとお薬の調整が必要かも」と思いながら、信じたくはないけど――引き出しに入れたまま、忘れた？

こんな大事なことを、あたしの手元で止めた？

慌ててその日のメモを取り出して確認したら「大城さんのデータ」と書いてある。

メモを取るだけ取って報告しなかった、という最低の事実が浮かび上がってきた。

「……せ、先週の……月曜日、です」

『そっか。じゃあ来週の月曜に来てもらって、内服調整するかな』

「す、すいません……どうしよう、あたし」

もしあたしがすぐ先生に伝えていれば、内服調整は先週から始まっていたはず。

つまりあたしは、患者さんの治療を2週間も遅らせてしまったのだ。

『あ、ごめん。バイト中だったね。また明日、話す時間をもらえれば』

「じゃなくて、先せ――」

そこで通話は切れた。

ついでに、あたしの電源も切ってしまいたかった。

「関根ちゃん、大丈夫？」

「え……？　あ、すいません……大将」

「診療所で何かトラブルがあったんなら、今日は下準備だけで」

「いえ、大丈夫です。今日は土曜日ですし、がんばります……けどちょっとだけ、診療所の予定表を確認してきてもいいですか?」

「すげーな、管理職じゃん。いいよ、コーラ持って休憩してきな」

たぶん他にも、絶対なにかを見落としているはずだと思いながら。とてもコーラをもらう余裕なんてないまま、ホールの奥テーブルで隠れるようにメモを確認した。

「な……」

そんな嫌な予感に限って、ほぼ確実に当たってしまうのはなぜだろう。

また無茶な〆切りになった瀬田さんから、来週1週間ほど診療所に通って執筆してもいいかどうかの連絡を受けている。しかもそれは、今週火曜日のこと。

あたしはそれに「来週の執筆は、何時まででも診療所に居てもいいですよ」と、すでに瀬田さんに言ってしまったことを思い出した。

たとえあたしが18時以降はバイトで診療所を空けても、先生か八木さんは居るだろう
――そんなあたしの甘い考えは、赤い太字で書かれたメモが粉々に砕いた。

【先生と八木さん　不在】

来週はホールディングスの仕事で、小野田先生と八木さんは診療所を空けるのだ。そんな大事なことを赤字で書いておきながら、知らなかったでは済まされない。

メモを取っても見ず、上長に報告もせず、患者さんにも迷惑をかける。

「……ど、どうしよう」

「関根ちゃん。これドリップパックのコーヒーだけど、飲む？」

「た、大将……」

「たぶんコーヒーは、関根ちゃんが淹れる方が美味《うま》いんだろうけどな」

「……すいません、気を使わせてしまって」

「なんかやっちまったんなら、仕方ねぇじゃん。謝って、次いこうぜ」

こんなによくしてくれる大将に、これ以上の迷惑をかけるわけにはいかない。

その贖罪《しょくざい》のような意気込みはこの日、空回りするばかりだった。

まともにバイト代をもらっていいような仕事とは、とても言えないまま。最初から最後まで大将に心配されながら、土曜日は閉店を迎えることになった。

▽　▽

日曜日の朝。

昨日はバイトから帰ってお風呂に入っても、寝られる気配は全然なかった。

ともかく謝ろう、まずふたりに謝ろう、瀬田さんにはなんと謝ろう、来週はどうしよう、大城さんには謝って済むものだろうか、来週のバイトはどうしようか。

ひと晩中、そんなことがエンドレスに頭を回り続けていた。

当然そのまま、朝を迎え。聞き耳を立てながらふたりが起きてくるのを待ち構えて、ひとりずつ袖を引っぱってキッチンに集まってもらった。

「本当に、申し訳ありませんでした」

極甘練乳カフェオレとブラックのコーヒーを淹れて出し、深々と頭を下げた。

八木さんはキョトンとした顔で、小野田先生に視線を送って説明を求めている。

先生はと言えば、いつもとさほど変わった様子はない。というか寝起きに顔を洗っただけの縦縞《たてじま》パジャマ姿なので、あまり頭が回っていないのかもしれない。

「どうしたの、関根さん。ひと晩で、やつれた気がするんだけど」

「実は大城さんと瀬田さんの件につきまして、ご報告がありまして――」

どう説明しようか散々考えたけど、言い訳は絶対にダメだ。

主観を挟まず、事実とその経緯を隠さず、大城さんと瀬田さんに関する報告漏れ、そのすべてを小野田先生に伝えるしかなかった。

「あー、その話ね。大城さんの内服調整は尿酸値だから、そもそも1週間早くても2週間遅くても、大差ないんだよね。急性じゃなく、慢性のものだからさ」

「……でも治療が遅れたきっかけは、あたしですから」

「だから『治療が遅れた』は大袈裟だって。ここ、集中治療室じゃないんだし」

「それに、瀬田さんのことだって」

「瀬田さんは、病気の話じゃないでしょ。17時に帰ってもらう代わりに、朝早く来てもらえばいいだけなんじゃない?」

「でも瀬田さんは、糖分や水分を管理してあげないと」

「さすがに大人なんだからさ。18時以降は何時に何を食べて飲むかの指示を出してあげれば、それでいいでしょ。タイマーをかけてもいいし、ちょうど同業のカロリー摂取オーバーさんがいるし、一緒にファミレスで執筆してれば解決すると思うけど」

「ともかく……大城さんと瀬田さんには、なんてお詫《わ》びをしたらいいのか」

「だから、お詫びはいらないって」

「そうはいかないです。あたしのミスですから」

ふうっと先生は大きくため息をついて、パジャマの上から白衣を羽織った。

先生がカウンター内に入る時の、切り替えスイッチなのかもしれない。

「じゃあ、こうしよう。お詫びの代わりに、人間にはミスをしても仕方ない状態があることを、今から体験してもらう——ってのは、どう?」

「つまり、あたしがミスを起こした原因ですね」

「まぁ、そんな感じ……って、関根さん? どうしたの?」

ちゃんと背を正して立ち、手を前で軽く結んだ。

きちんと先生の目を見て、事実を受け止めたいと思う。

「よろしくお願いします」

「いいよ、かしこまらなくて。和風エビクリームパスタを作ってもらうだけだから」

「……はい？」

聞き間違いだろうか、それとも先生がふざけているのだろうか。

きちんと自分のミスに向き合いたいのだから、先生にも真面目になって欲しい。

「いやいや、なんでそんな悲しそうな目をするの。別にオレ、ふざけてないよ？」

「でも、先生……」

「今から、オレが言う通りに作ってくれればいいから。ＯＫ？」

「……それで、ミスの原因がわかるんでしょうか」

「もちろん。ちなみに、オレが食いたいだけじゃないからね？」

いったいあたしに何をさせたいのか、先生の意図がまったく分からない。初めて聞くパスタを作って、どうやってあたしはミスの原因を知ることができるのだろうか。

「じゃあいくよー。まず、クリームソースの素からね。使う調味料は、マヨネーズと小麦粉、出汁の素、しょう油。出してくれる？」

「あ、はい」

冷蔵庫からマヨネーズを取り出し、小麦粉を取ろうと上の棚に手をかけた。

「もちろん、計量するからねー」

デジタル計量器は右上の棚で、ちょっと踏み台がないと足元がおぼつかない。

いつものように、隅っこに常備している折り畳み踏み台を広げて置いた。

「いよっ――と」

「あとは牛乳をベースに使うけど、200mlありそう？　あれば出しておいて」

「牛乳200……たぶん、足りると思いますけど」

一度閉めた冷蔵庫を開けて牛乳を持ってみたけど、半分以上は入っている重さだ。

「具材は冷凍むきエビ、冷凍粒コーン、ツナ缶1個なんだけど、エビある？」

「確か、半袋で口を閉じたヤツがあったような……」

「あったら、出しておいてよ。それでパスタ以外の材料は、全部だから」

「わかりました」

「使う材料、全部並べた？」

「待ってください、これが最後なんで」

冷凍庫からエビとコーンを取り出して、ツナ缶を並べ終わると。

なぜか先生にパンパンと手を叩かれて、キッチンから追い出されてしまった。

「はい、しゅーりょー。関根さん、カウンター席に座ってくださーい」

「え……まだ、なんの調理にも入ってないですけど」

「いや、大丈夫。これで全部説明できるから」

「説明……全部って？」

あたしが取り出した材料を、きれいに並べ直しただけ。

先生がこれからパスタを作る気配も、まったくなかった。

「いま関根さんにやってもらったことは『ワーキングメモリ』を簡単に体感してもらうためにやったことなんだよ」

それは、聞いたこともない単語だった。

なんのことかサッパリだけど、隣の八木さんには分かっているようで。先生の意図を理解したのか、小さく「あー、はいはい」とうなずいていた。

「まず最初に言った、クリームソースの素。マヨネーズと小麦粉は出してあるけど、出汁の素としょう油は準備されていない」

「あ……っと、それは」

「だろうね。途中でオレが『計量するから』と指示を追加したから」

その意味も説明してくれないまま、先生の話は次に進む。

「しかしその計量器も、実はここに出してない」

「えっ⁉　いや、出して……ないですか？」

「出てないんだなぁ。オレが途中で、牛乳が足りるか聞いたからね」

「……あ」

そうだ。踏み台に足をかけた時に、牛乳を確認しようと冷蔵庫に戻ったのだった。

「ちなみに、その牛乳も出ていない」

今度は、あたしにも理解できた。

牛乳が出ていない理由は、途中で冷凍庫のエビとコーン、それからツナ缶を出しておくように言われたからだ。

「先生……これって」

「ワーキングメモリを、今の流れに当てはめて説明するとだね——」

①クリームソースの素を4種類出そうとしていたら

②計量器を取り出すよう指示されて

③棚から降ろすために踏み台を持って来て広げて置いていたら

④牛乳の量が足りるか確認しろと言われ

⑤足りそうだったから牛乳も取り出そうとしていたところへ

⑥具材を3種類取り出すように言われた

「——という処理が、ほぼ同時に関根さんへ課せられたわけ。でもそれは同時に処理するには多すぎて、関根さんは処理漏れを起こしてしまったんだね」

「で、でも……なにも知らない、初めての料理ですし……これだけの内容を一度に暗記できるのは、居酒屋の里磨さんぐらいじゃ」

「だろうね。だからいつもの関根さんなら、途中で『ちょっと待ってください』と言って、自分にできる処理が終わるまで次のタスクには進まない」

先生のその言葉があたしの核心に迫っているようで、心がヒリついた。

確かにあたしは、まだ今の作業が終わってもいないのに、次の作業に手を付けた。

「こういう『同時処理能力』のことを『ワーキングメモリ』と言うんだ。処理できる数、つまりワーキングメモリの数は人によってだいたい決まっている。たとえば居酒屋の里磨さんと関根さんではワーキングメモリの数が違うけど、それは当たり前の個人差でね。多少トレーニングしたぐらいで、変わるものじゃないんだけど――」

先生の言っていることは、ぼんやりとは理解できたけど。それがあたしのミスにどう繋がるのかまでは、まだ理解できない。

「――逆に、減ることはある」

「えっ？　だって今、変わるものじゃないって」

「たとえば関根さんのワーキングメモリの数が4個だったとしよう。そのうち3個が『別のことで常に埋まっている』としたら『使えるメモリ』は1個になる」

先生の意図を、なんとなくだけど理解し始めてきた。

フル稼働ですら4個しかないあたしのメモリが1個しか使えない状況で、いつもと同じ調子で行動すれば、処理回路からこぼれ落ちるタスクが出て当たり前だろう。

「もっと直接的な例で説明しよう。クリームソースの素に使う調味料のマヨネーズ、小麦粉、出汁の素、しょう油を忘れないように4個のメモリに入れて取り出そうとしていた。そこへ計量器を取り出すように追加の指示が入ったので、メモリを空けなきゃいけない。それでこぼれ出たのが、出汁の素としょう油。これでとりあえずメモリを2個空けた。ここまでは、いい？」

「は、はい。たぶん、理解できてると思います」

「空いたメモリを1個使って計量器を取り出そうとしたけど、踏み台を持って来ないと届かないことに気づいた。ここで踏み台を持って来るという処理でもう1個のメモリを使ったので、ワーキングメモリの余力はゼロに。そこへ牛乳も使うと指示が増えた上に、具体的に200mlだと言われた。これは気になるよね」

「……ですね。足りなかったら、買いに行かなきゃって考えてました」

「だから計量器を取り出すという処理はメモリから追い出されて実行されず、その牛乳も3種類の具材を取り出せと言われて、すぐにこぼれ落ちた」

「そう、だったんですね……すいませんでした」

「いやいや。本当に問題なのは、パスタの準備ができなかったことなんかじゃない。もうひとつ前に遡《さかのぼ》って、この理屈を当てはめてみてよ」

「もうひとつ前、ですか？」

「つまり大城さんのことや、瀬田さんのことや、オレらの出張のことを、メモをしていたのに忘れたということは。別のことで関根さんのワーキングメモリが埋まってたから、こぼれ落ちたってことでしょ？」

「あ……」

「しかもこれだけこぼれ落ちるということは、不安なことはひとつじゃないはず」

「……それは」

ここまで説明を聞いて、ようやくはっきりと理解した。

あたしはワーキングメモリも多くないくせに、学費のことを考えたりダブルワークをしたりするから、大城さんや瀬田さんのことが漏れ落ちてしまったのだ。

あたしのワーキングメモリは、果たして4個もあるだろうか。

「関根さんは『ストレスなんてない』とずっと言っていたけど、それは気持ちの問題で。やっぱり体は、正直に反応してたわけでさ――」

小野田先生は完全に冷めてしまった極甘カフェオレに、さらに練乳を加えて飲み。

八木さんは終始無言のまま話を聞き続け、今ようやくコーヒーに口を付けている。

「――心身症状が緊張型頭痛だけならまだしも、ワーキングメモリが埋まって減るようじゃあ、もう温かく見守っているわけにはいかないよね」

「このワーキングメモリの減少も……やっぱり、心身症状なんですか？」

「認知機能の低下だから、身体に症状が出るより質《タチ》が悪いね」

ダブルワーク自体が、あたしのワーキングメモリを埋めていたのだろうか。

バイト以外の日は、気づけばお金の心配と貯金の計算ばかりしていたのは事実だ。

「です……けど」

「けど？」

実は大事なことを、先生はあたしに教えてくれていた。

――いつもの関根さんなら、途中で「ちょっと待ってください」と言う。

要領がいいわけではないのだから、急がなければいい。

ワーキングメモリが減っている事実を知れたのだ。それこそメモを最大活用して、確実にチェックマークを付けながら、ひとつずつクリアしていけばいいのだ。

「今回のことを、教訓にして……次からは自分にできる処理が終わるまで、次のタスクには進まないように……しようと思います」

「関根さん。がんばりたいって気持ちをオレも理解してるつもりだったから、これだけは言わないようにしてたんだけどさ――」

「は、はい」

大きな専用のコーヒーカップを置いて、先生が真顔になった。

その目は怒っているのではなく、なぜか悲しんでいるように見える。

「――さっき、メモ取った？」

そう告げられて、なにも言葉にできなかった。

あたしはデキる女でも、キレる女でもない。

要領も良くなければ、対人業務も得意ではない。

それでも今まで何とかやってこられたのは、反射的にメモを取っていたからだ。

「つまり『メモを取ること』自体が、ワーキングメモリから抜け落ちるぐらいの状態なんだ。それってもう、ギリギリに近いと思うんだよね」

あたしにとって、それがどれだけ致命傷になるか。

それは、あたしが一番よく知っていることだった。

「そんな……あたしは、ただ……」

あたしは栄養士になりたい。この診療所でみんなの役に立つため——そしてこの診療所が自分の居場所だと胸を張って言うために、専門学校へ通わなければならない。

そのために、学費をバイトで貯めていただけ。

あたしにとっては、んん診療所の仕事が一番大切な本業だと思っている。栄養士を目指すのだって、そのためだ。それが疎《おろそ》かになるなら、すべてが本末転倒だろう。

そのことに今さら気づいて、愕然《がくぜん》とした。

つまり今、あたしは本末転倒のことをしているのだ。

「あたし、なにやってんだろう……」

「痛みやストレスの感じ方は、みんな同じじゃない。誰かが平気だからといって、他の人も平気というわけじゃない。少なくとも関根さんは続けるべきじゃないと思う」

脱力していくあたしの肩に手をかけ、小野田先生が慰めてくれている。

だからといって、なにが解決するわけでもない。

あんなに大将に良くしてもらって、あんなに里磨さんに助けてもらいながら。週に3日で、バイトのあとは8時間も寝られているのに。

そんな甘えた状況でも、症状がふたつも出るぐらいストレスを感じてるの？

これから先、こんな調子であたしは生きて行けるの？

「……シフトは減らします」

「え……？」

「もう二度と診療所の業務に支障が出ないようにしますから、お願いですから……せめて初年度の学費が貯まるまで、バイトの兼業を許してもらえないでしょうか」

「いや、関根さん……これは、許すとか許さないじゃなくてさ」

「本末転倒にならないように、それだけは守りますから」

その時、入口のドアが静かに開いて冷たい風を吸い込んだ。

今日は日曜日で、誰も来る予定はない。

でもそこに立っていた痩せ男には見覚えがあったし、名前も知っていた。

「ようやく会えたな、小野田玖真」

相変わらずの黒いチェスターコートに、襟シャツとニットを合わせることしか知らないのだろうか。細すぎる濃紺パンツに、高そうな革製のローファーも前と同じ。

ツヤ系整髪剤で整えたツーブロックのDr痩せ男、小野田修一。

「修一か……ずいぶん、久しぶりだな」

「ふん。またこんな所へ、わざわざ来なければならないとは」

今日はハンガーも気にせず、コートをソファーの上に投げた修一。

その目は鋭いというより、鬼気迫るといった方が正しかった。

「おまえさぁ。その歳で、相変わらずまともに挨拶もできないのかよ」

「あぁ、すまない。また無資格の職員に、無理難題を仕込んでいるところだったか」

「は？　ケンカ売りに来たのか？」

修一の見下すような視線が、なぜかあたしに向けられた。

「そんな医療職には不適切な人材に何を仕込んでも、意味のないことだと思うが」

それを聞いた八木さんが、すごい勢いで立ち上がった。

一気に張りつめた空気の中、修一は八木さんにも侮蔑《ぶべつ》の視線を送る。

「あの赤毛小僧が、今は薬剤師をしているらしいな」

「……あ？」

「寄付金だけで入学できる大学がまだあるとは驚きだが、金はどこで工面した？」

眉間のしわが一層深くなり、今にもキレる寸前の八木さん。

これをなだめられるのは、小野田先生しかいない。

「待てよ、颯。お互いもう、いい大人なんだぞ」

「けど、クマさん……」

なんとか八木さんを座らせ、先生は大きなため息をついた。

「修一。言いたいことは、オレに言え。用があるのは、オレだろ？」

「あたりまえだ。あんた以外の、誰に用があると思った」

「なら、さっさと言えよ。おまえ、昔から回りくどいんだってば」

「回りくどい？　それは、あんただろう」

「……は？」

「素直に認めたらどうだ。今さら跡取りの地位が惜しくなったと」

いったい修一という男が何のことを言っているのか、さっぱり分からない。

明らかに小野田先生は困っているようだけど、最初の印象が強烈すぎる修一を前にして、あたしには何もできない。

勇敢な行動は、無謀な愚行と紙一重だという。
あたしにはどうしても、その一歩を踏み出すことはできそうになかった。

第3章　ギリギリ女子

ここは閑静な住宅街にある、古民家をリノベーションした診療所なのに。

ウッディで穏やかな雰囲気が、今はヒリつくほど張りつめている。

その理由はふたつ。

ひとつは間違いなく、理不尽な怒りと共にやってきたDr痩せ男、修一のせい。

小野田先生とは兄弟らしいけど、どう見ても仲は良さそうじゃない。

「修一、悪いけど帰ってくれない？　言ってる意味が分かんないし、せっかくの日曜日なんだしさ。ゴルフとか銀座でお食事会とか？　他にやることあるだろうよ」

「それは嫌味か。医者はだいたいゴルフか銀座でもチラつかせておけば会話が成立するだろうと、バカにしているのだな？」

「いや、別にバカにしてないし。実際におまえ、そういうの好きだったじゃん」

「それは20代の頃だ」

「そういえばあれ、どうしたんだよ。オレンジ色のスポーツカー」

「いつの話をしている、それは学生の頃の話だ。そんなもの、とうに買い換えたわ」

たぶん修一が、大病院のご子息ドクターだからだとは思うけど。普通のドクターも、学生の頃からオレンジ色のスポーツカーに乗って、20代でゴルフとか銀座にどっぷりハマっているものなのだろうか。

小野田先生には、そんな雰囲気が全然ない――まぁ散歩と称して朝イチから駅前にスロットを打ちに出かけるのも、どうかと思うけど。

「じゃあ、あれはどうなった？　美容系だか化粧品だか、健康食品だかのやつ。多角経営するとかしないとかの話を、すっごい昔に聞いた気がしないでもないけど」

「それは……あんたには関係のないことだ」

「なんだよ。おまえと話すネタがないから振っただけだろ？　ちょっとぐらい、なんか返せよ。それが会話ってモンだろ？」

「黙れ！　癪《しゃく》に障る話ばかりしておいて、なんだその人を見下した言い草は！」

むきになって窪んだ目を大きくしているあたり、修一の多角経営は失敗したのではないかと思った。だいたい自分で「癪に障る話」だと言っているし。

「じゃあ、なにしに来たんだよ。おまえ、ヒマなのか？　寂しいのか？」

でもある意味で話し下手なのは、小野田先生の方ではないだろうか。

話題を気にしなさすぎるというか、無自覚に相手の地雷を踏みすぎるというか。先生らしいとはいえ、ことごとく振る話題を間違っている気がしてならない。

特に最後の「寂しいのか？」なんて、むしろ修一を心配してのことだったかもしれないけど、確実に余計なひとことだと思う。

「寂しくて家から離れていったのは、あんたの方だろう！」

案の定、修一は血相を変えた。

ただ、先生が家から「離れていった」という言葉は気になる。

「あのさぁ。オレは別に寂しいんじゃなく、あの生活が肌に合わないって、何度も」

「血の繋がりが半分しかないと知ってから、居心地が悪くなり。家にも帰らずそこの赤毛と一緒に『ろくでもないこと』ばかりしていたことを忘れたというのか」

修一の悪態には、さらに理解できない単語が混ざった。

——血の繋がりが半分しかない
ふたりの姓は「小野田」なのに、どういうことだろうか。

それを考える前に、また八木さんがキレてしまった。

「待てコラ。ろくでもないって、なんだ」

診療所の空気がヒリつくほど張りつめている、理由のふたつめ。

それは不審者に唸《うな》る番犬のように、修一から一瞬も目を逸らさない八木さんだ。

「薬剤師になったところで、染みついた性根が変わるものではないのだな」

「クマさんは、ガキだった俺の面倒をみてくれてただけだろ」

「いまだに『義兄弟ごっこ』か。ふたりで永遠にやればいいが、私を巻き込むな」

「てめ――」

「暴力か？　あの頃から、本当に何ひとつ変われていないのだな」

口数も少なく、ただ服のセンスがちょっとアレなだけだと思っていたけど。

普段は主人の言いつけを忠実に守っているから、おとなしいだけで。八木さんはいざという時はわりと気性が荒くて獰猛《どうもう》な、警察犬というかシェパード系だと思う。

「待て待て、颯。27歳にもなって、さすがにグーパンチはダメだ」

「けど、クマさん……」

まさかのグーパンチが出る寸前だったとは。

でもどれだけ頭に血が上っても、やはり小野田先生の言うことは絶対なのだ。

「こっちは大丈夫だから、自分の部屋に戻ってろよ」

「……クマさんの指示でも、さすがにそれはできないよね」

そこは一歩も退かない八木さんは、修一から視線を逸らそうとしない。瞬《まばた》きしているのかも疑わしいまま、穴が開くまで修一を見据え続けるだろう。

「あの、八木さ――いてて」

両方のこめかみに、町工場のプレス機でグリグリ挟まれていくような痛みが走る。

さすが緊張型頭痛だと妙に納得しながら、思わず眉間にしわを寄せてしまった。

「関根さん、頭痛？」

「あ、あたしは大丈夫ですけど……八木さんの方が」

このままだと主人の言いつけに忠実なはずのシェパード八木が、いつ修一に飛びかかるかわからない。

ここはあたしが引っ張ってでも八木さんを、修一から遠ざけておかないと。

「疲れたよね、ソファーで休もう。ジクロフェナクナトリウム錠、飲む？」

「……すいません」

「持って来る」

私のやる気は、カラ回りしたものの。

結果的に八木さんを修一から引き離すことには成功したので、ヨシとしたい。

▽　▽

八木さんにわりと距離感がないのは、小野田先生ゆずりだろうか。

薬局に薬を取りに行って戻って来たら、なぜか向かい合わせではなく、壁を背にあたしと肩をくっつけてソファーに座っていた。

「関根さん、これ」

「わざわざ、ありがとうございます」

「そういうの、気にしなくていいよね」

いや。先生ゆずりといっても、八木さんは間違いなく兄弟ではない。

修一の言った「義兄弟」とは、何のことだろうか。

「そういえば八木さんも、修一先生を知っているんですよね」

「クマさんの弟をやってるのは、俺の方が長いけどね」

なんだかそこにはプライドがあるようだけど、弟を「やってる」という意味がわからない。とてもデリケートな内容とはいえ、聞くならたぶん今しかないだろう。

「あの、ここでの話って……あたしが聞いてても、いいんですか？」

「関根さんは、身内だからね」

八木さんの雰囲気的には、なんとなくマフィアかカルテルのファミリー的な響きがないわけじゃないけど。あたしに対して「身内」という表現を使ってくれたことが、今はすごく嬉しかった。

だからこそ、あたしもこの状況を打破する何かを探さなければならないと思う。

「さっきちょっと『血の繋がりが』とか、聞こえてきたもので」

「クマさんと修一、異母兄弟なんだよね」

「い――――ッ⁉」

たしかに異母兄弟なら「血の繋がりが半分しかない」の説明はつくけど。

そんな親子関係が、こんな身近に存在するとは思ってもいなかった。

「ユルンさんが父親ってのは、同じなんだけど」

「ユル……え？」

「クマさんの実父。小野田　ファン・デン　緩雲《ユルン》さん」

「あぁ……先生、デンマークとのクォーター？　でしたっけ」

たった一度、ほんのわずかしか見ていないけど、とても印象的な男性だった。切れ長な目は穏やかなのにクールで、目尻のしわも気にならず。それどころか、しゅっと伸びた鼻筋のせいでほうれい線すら格好良く見えたのを覚えている。その顔立ちが北欧系の俳優さんみたいだったのは、デンマークとのハーフなら当たり前だ。

「ユルンさん、クマさんが生まれてすぐ、クマさんのお母さんと離婚したんだよね」

なんだか重い話になってきたけど、このまま聞いても大丈夫だろうか。

「親権はユルンさんが取ったから、名字は小野田。その後妻の子が、修一」

親権や後妻という単語で、重さはどんどん増していく。

「だからクマさんと修一は、異母兄弟」

「な、なるほど……」

この話、本当に聞いても良かったのかな、あたしの入る余地ってあるのかな。

「クマさんがそのことを知ったのは、中3の頃だよね」

「八木さんって先生のこと、すごく詳しいんですね」

「まぁね」

妙に嬉しそうで、得意そうな八木さん。

でもよく考えてみれば、あたしは八木さんのことをぜんぜん知らなかった。

「先生とはお付き合い、長いんですもんね」

「俺はただ近所に住んでるだけの、無関係なガキだった」

「子どもの頃からの、幼なじみか何かです？」

「クマさんが中3で、俺は小4」

「……中学生と小学生」

学生服の小野田先生とランドセルの八木さんなんて、もはやファンタジーの世界。すごく見てみたいような、ちょっと恐いような。

「その頃からクマさんには、山ほど恩があるんだよね」

何があったのかは知らないけど。ともかく昔から、八木さんは小野田先生のことを兄のように慕っていたのだろう。それを修一は「義兄弟ごっこ」とバカにしたのだ。

異母兄弟と、義兄弟――これはかなり、根が深そうだ。

「あの……なんで八木さんは、修一先生に『赤毛』って呼ばれてるんですか？」

「あいつに『先生』なんて、付けなくていいよね」

「いや、まぁ……あたしは、その……社会人的な立場もあるので」

すごい不服そうな八木さんだけど、わかってもらいたい。

大人になるとはそういうことだと、あたしは前職で学んだのだ。

「俺、髪を赤く染められてたんだよね」

「染め『られて』た？　無理矢理ってことですか？」

「だね」

「誰が、そんなことを」

「親に」

「いや、えっと……それ、いくつの時の話です？」

「小4」

「でも……赤といってもメッシュというか、オシャレ的な感じですよね」

「まっ赤。髪、全部」

八木さんは八木さんで、ものすごく複雑な家庭環境だった気がしてならない。

そこへ異母兄弟の修一が絡んだ状況で、あたしにできることがあるのだろうか。

そんなあたしの悩みとは関係なく、修一は勝手にどんどんヒートアップしていた。

「あんた、次期理事長の座を狙っているのだろう！」

「あのさぁ……そんなもんには興味ないって、昔から言ってるだろ」

「口ではそう言うが？　はたして、どこまで本心なのやら」

「だから、家を出たじゃないか。それだけじゃ、意思表示にならないのか?」

「私だって、この前まではそう思っていた。やはりあんたは物の価値が分からない、バカな人間だと。むしろ出て行ってくれてありがとうと、感謝すらしていた」

「ほんと、いちいちイラつかせるのが得意だよな」

「だがまさか、それが私への長きにわたるフェイクだとは、さすがに気づけなかった」

「フェイクって……おまえ、どうかしてるぞ?」

「父さんと密会して密約を交わしておきながら、よくもぬけぬけと」

「なにその陰謀論。そんなもん、してないっての」

先生は忘れていますけど、たぶん修一はあの時のことを言っていると思います。

これでまた修一の中で、先生が嘘をついたことになったと思います。

「父さんがここへ来たことを、私が知らないとでも思っているのか!」

「あれのことを言ってるのか⁉　密会どころか、オレが追い返したんだよ!」

「実際に『あった』ことを、まず最初に『なかった』と言う。嘘つきの常套《じょうとう》手段だ」

案の定、先生は嘘つき扱いになってしまった。

これ以上ないほど、めんどくさそうな顔を浮かべながら。小野田先生は自分用に、ブラックのコーヒーを淹れた。

「もういい。なんかオレ、疲れた。おまえも何か飲むか?」

それに口をつけて渋い顔をしながら、修一にも飲み物を勧める小野田先生。

でもそんな先生に対して、修一の態度が変わる様子はまったくない。

「やはりな。エビデンスの欠片《かけら》もない自由診療のために、あんたが小野田記念病院グループ次期理事長の座を捨てるわけがないと思っていたのだ」

「エビデンスはある。診療形態が自由診療というだけだ」

さすがの先生も、それにはカチンときたのだと思う。

声を荒げるでもなく、淡々と言い返しているけど。めんどくさそうな顔と不愉快そうな顔は、似て非なるものだ。

「ほう。そんなことが、よく言えたものだな。管理栄養士どころか栄養士の資格も持たない、あんな素人《しろうと》に栄養指導の『まねごと』をさせておきながら」

あたしを振り返った修一の目が、ご愁傷様とばかりに蔑《さげす》んでいる。

他人を不愉快にする人は、その動作すべてにもれなく悪意を詰め込んでくるのだ。

「まねごとじゃない。関根さんは患者の特性とライフスタイルを考慮した、中長期的な管理ができる人だ」

「なにを言う、素人判断に違いはないだろう。いや、失礼——あんたのバカげた入れ知恵だったな。いわゆる『医師の指示の下に』というやつだった」

「……そうだよ。大城さんへの指示は、オレが出したものだ。関根さんは関係ない」

確かに最終的に許可したのは小野田先生だけど、方針を提案したのはあたし。

先生はあたしを巻き込まないように、この場をそれで収めようとしているのだ。

「先せ――」

立ち上がろうとしたあたしを、先生は軽く手をかざして止めた。

でも、このモヤモヤする気持ちは抑えられない。

「では是非、私にもご教示いただきたいのだが？」

「何を」

「私の特性とライフスタイルを考慮した、その中長期的管理というものだよ」

「別におまえ健康だし、めんどくさいぐらい生き生きしてるじゃないか」

小野田先生のその言葉を聞いて、あたしの脳内で何かが瞬《また》いた。


――本当に修一は、健康的で生き生きしているのだろうか。


こんな顔つきの痩せ型の男性が、健康的だと言い切れるのか。

もちろん腹が立つし、不愉快で、早くここから立ち去って欲しいけど。その感情だけで、あたしのワーキングメモリは埋まっていなかっただろうか。

いつもは無意識にしているメモを忘れたように、やはり人間観察もできていなかった

——というより、修一を見たくなかったのは間違いない。

小野田先生は、あたしのプロファイリングを認めてくれている。

そのプロファイリングが相手を選ぶなんて、あってはならないと思う。

「どこの民間療法だか知らないが、ぜひ拝聴《はいちょう》してみたい。あの高尿酸血症の患者に指導したように『適当』で構わない。さぁ、私に合った食事管理方針を教えてくれ」

隣の八木さんが腰を浮かせる前に、あたしが立ち上がっていた。

勇敢な行動と無謀な愚行は、紙一重だと知っている。

でもあたしはこれ以上、無関係な顔でここに座っていることはできなかった。

「あの……す、すいません」

思いもよらなかったのだろうか、先生も八木さんも唖然《あぜん》として固まったまま。

皮肉にもあたしに反応したのは、修一だけだった。

「すまないが、今は素人さんの御意見が聞きたいわけではないので」

「前にもお話ししたように、大城さんの食事計画を提案したのは、わたしです——」

「今度は院長先生をかばう、健気《けなげ》な職員さんに早変わりか。スタッフの教育だけは、ずいぶん行き届いている診療所だな」

次の言葉を飲み込むか、口にするか、一瞬だけ迷った。

どんなに嫌味な奴だとしても、相手は医師だ。

この単語を聞いて、どんな反応が返って来るか想像はできる。

「――食事の管理方針を決めるため、わたしにプロファイルさせてください」

カウンター診察室の空気が、ピシッと音を立てて凍りついた気がした。

「関根さん。修一の相手はしなくていいから」

「あたしは……そうは、いかないと思います」

それを聞いて歪《ゆが》んだ笑みを浮かべたのは、もちろん修一。

それでもあたしはこれを無謀な愚行ではなく、勇敢な行動だと信じたい。

あたしにとっての切り替えスイッチであり、この診療所に役割があるという証の制服でもあるエプロンをつけた。

ジクロフェナクナトリウム錠が効く気配は、まったくない。

締め付けが強くなる頭痛に耐えながら、カウンターの中に立つまでの、わずか数歩。時間はゆっくりと、スローモーションのように脳内を流れて行った。

「……よし、集中できてる」

ワーキングメモリを空ける――それは何も考えないこと。

嫌味だらけの修一の言葉も、心配そうな先生の顔も、前のめりになっている八木さんの姿も、どうでもいいと割り切る。いま要る物、要らない物を、見誤らないこと。

そして最後に残った感覚は、皮肉にも頭痛だけになった。

「失礼だが、お名前は？」

すっと顔を上げると、修一の鋭く窪んだ目が視界に飛び込んできた。

大丈夫、これはただの「しゃべる人」だ。この人がなにを言っているかが問題ではなく、あたしがこの人を見て何に気づくかが問題なのだ。

「関根と申します」

「ちょ……関根さん、待てってば。オレの話、聞いて――」

心配する小野田先生を、今度はあたしが手で制した。

たぶん今、最高に集中できていると思う。

「セキネさんは、プロファイルという単語の意味をご存じだろうか」

これはただの「しゃべる人」で、なにを言っているかは問題じゃない。

話を聞けば考えてしまい、あたしの数少ないワーキングメモリが減ってしまう。だから何も聞かなくていいし、何も答えなくていい。

「聞こえているのだろう、セキネさん。自分に不都合な会話であっても、聞かざる言わざるで済むものではない」

服や髪型ではなく、もっと根本的な何か。

話をしなくても醸し出される、この妙な圧迫感の理由とか……威圧感？

痩せているのに威圧感や圧迫感があるのは、どういうことだろう。

もしかして、痩せ方？

見るべきは服装ではなく、その体格ではないだろうか。

「困ったな。黙ったまま見つめられて、何になるというのか」

するとこの痩せ方が、どこか不自然ではないかと気づいた。

その理由は——まず頭と肩幅のバランスに対して、首が細いと感じたこと。

首に目立つのはいわゆる「スジ」で、これが頭蓋骨に繋がっている胸鎖乳突筋だと先生に教わったばかり。それがやたら目立つということは、本来の首回りはもう少し太いのではないだろうか。

「ん？　だったら……」

そもそも襟の首回りと実際の首回りが合っていない、つまりブカブカだ。テーラーメイドである宿命は、作った時の体にはフィットするけど、その後に太ってしまえばお直しをしないかぎり着ることはできない。

「……逆に痩せた場合は？」

着られるから、いつも通りに着てしまう。でもフィット感はなくなってしまう。そういう目で全体を見ると、タイトで細すぎる濃紺パンツすら、太ももに余裕がある。

それに、この肌の張りのなさと荒れ方はなんだろう。小野田先生と比べてみれば、その違いは一目瞭然だ。きちんと髭も剃って眉も整えているのに修一が貧相に見えるのは、はたして目が窪んで隈ができているからだけだろうか。

そもそもこの目の窪みと目の下の隈は、もとから修一にある特徴なのだろうか。

それとも本当は、もっと肉付きのいい輪郭なのではないだろうか。

「あれ……?」

なぜか急に思い出したのは、元婚活女子の木暮《こぐれ》さん。

でも今、なぜ木暮さん?

そもそも女性だから着ている服も違うし、髪型から輪郭から、何もかも違う。

それでも修一から、同じ雰囲気を感じる。

あの不健康なダイエットをして、自分に合わない服装と髪型だった、木暮さんだ。

「どうしたの、関根さん」

多分ここがターニングポイントなので、今は小野田先生の言葉も遮断しよう。

そうしてワーキングメモリを埋めないようにしていると、さらに気づいた。

人って、こんなに瞬《まばた》きをするものだろうか。

1分間に何回が平均的な瞬き回数か、もちろんあたしは知らない。でも修一は、明らかに他人《ひと》より回数が多いと思う。さらに見ていると、まぶたが時々ピクついている。

その理由も意味も、あたしにはわからない。でもこれは他人とは違う、修一の特長であることに間違いはないだろう。

「セキネさん、だったかな。そろそろこの茶番を、終わりにして欲しいのだが」

「関根さん、何か気づいた？　オレも考えてるんだけど、やっぱ分かんないや」

「まだ続ける気か。あんたらは、そろってバカなのか？」

遮断していたワーキングメモリを解放すると、急に修一の煽《あお》り文句が聞こえてきたので、先生とふたりしてカウンターの中で修一に背を向けた。

「小野田先生。多分、なんですけど――」

ともかく気づいたことを、すべて先生に伝えた。

それにどういう意味があるのか、それをどう判断すればいいのか。

それはきっと、小野田先生が答えを出してくれるはずだ。

「言われてみれば、そうかも……」

ちらっと振り返って、先生は修一を再確認している。

でも言われるまで気づかないぐらいだから、元から細身だったのかもしれない。

「……うん、だと思う。さすが、関根さんだわ」

「あれぐらいの体型の男性も、いないわけじゃないとは思うんですけど」

「いや。逆にガキの頃は、肉付きがいい方でね。時々、イジメられて泣いてたな」

「そうなんですか？」

「最近は何年も顔を合わせてなかったから、どんな感じだったか忘れてたよ」

「これってやっぱり、何か意味のあることなんでしょうか」

「あるある、大ありだよ。身近すぎる人間には、気づけないモンだなぁ」

ポンポンと軽く頭を撫《な》でられて、あやうく膝《ひざ》から崩れ落ちるところだった。

集中が切れた直後に、これは危険な行為だと思う。

「おい！　あんたら、いい加減にしろ！」

振り返ると、修一はまた眉間に深いしわを寄せていた。

でもそれに対する先生の態度は明らかに和《やわ》らいでいて、表情も穏やかだ。

「悪い、悪い。でもやっぱ、関根さんってすごいわ」

「さあ、見せてくれ。自由診療という名で、どれだけインチキ臭い民間療法をやっているのか。それを伝えれば、さすがにあの人も再認識せざるを得ないだろう……次期理事長には、私が最も適任だということをな」

「だから。それはおまえでいいって、さっきからオレは」

「さっさと、プロファイルとやらに基づいた栄養指導を私にしてみろ！」

「はいはい」

小野田先生は肩をすくめて、なにやら料理の準備を始めた。

あたしの伝えたことで、何を作るか決まったのだろうか。

「おい。あんた、なにを始める気だ」

「おまえに、メシを作ってやってんだよ。話が長くて、昼になったからな」

「何度言えばわかる。私は、栄養指導を」

「まぁいいから、ミルクティーでも飲んで待ってろ——あ、関根さん？」

ここでいきなり、あたしに声がかかるとは思ってもいなかった。

「は、はい……」

「チャイの砂糖抜き、作ってもらえる？」

「……はい？」

「こいつ、昔からそれが好きなんだけど……今、ワーキングメモリは大丈夫？」

「だ、大丈夫です！　メモを見ながら作りますから！」

先生はいつもの笑顔を浮かべ、ソファーでこちらを見ていた颯さんに手招きした。

小野田先生の中で、何かが吹っ切れたようにも感じる。

「颯も、こっちに来ていいぞ。カウンターのすみっこにでも座ってな」

「わかった」

あたしには先生の意図が理解できないけど、たぶんこれでいいのだと思う。

先生がこういう穏やかな顔をしている時は、だいたい結論が出ている時だから。

▽　▽　▽

メモのレシピから砂糖だけを抜いたチャイを淹れ、修一に出したけど。

もちろん「ありがとう」の、ひとこともない。

八木さんは離れているとはいえ、端のカウンター席から修一を見据えたまま。

そんな中で黙々と作業を続ける先生は、圧力鍋とフライパンで調理を進めていた。

圧力鍋に水1L、しょう油大さじ1杯、めんつゆ大さじ1杯、出汁の素を小さじ2杯入れて、蓋《ふた》をせずにまず沸騰させ。その中へゴロゴロに切られた大根とにんじんが入り、豚バラの細切れとキノコのしめじも放り込まれて加圧が始まった。

かけられたタイマーは5分で、その間に冷凍庫から取り出された味噌《みそ》漬《づ》けの鮭《さけ》が解凍され、フライパンの上で両面をじっくり焼かれている。先生は魚焼きのコンロを、掃除がめんどくさいと言って絶対に使わないのだ。

たぶん安い時に買い込んでいた鮭を、西京《さいきょう》味噌につけ込んで冷凍したものだろう。甘辛いような、味噌の焼けるいい香りが漂ってくる。

そうこうしているうちに5分なんてあっという間で、圧力鍋は減圧に入り。内圧を示す赤い栓がカチリと落ちて終了。そこへお得意の液体味噌を溶き入れて、あっという間にできたのは「豚汁」だった。

「ほら。これがオレからおまえへの、食事指導だ」

トレーに載せられていたのは、鮭の西京焼き、豚汁、そしてご飯。

シンプルな和食すぎて、このメニューから修一の状態は推測できなかった。

「……あんた、何がしたいんだ？　ここは曲がりなりにも、診療所だろ？」

「なんだよ、今さら」

「これを私に食べさせて……いや、悪いが怒鳴る気力もなくなった。あんたは前からおかしな奴だとは思っていたが、いよいよ本格的におかしくなったのか？」

「別に、いつもの診療風景だよ。これは関根さんのプロファイルから、オレがおまえに必要だと判断したメニューだ。まぁ、食ってみろ」

「プロファイルだと？　こんな炭水化物とカロリーの塊、食えるはずがないだろう」

「カロリーの塊か……そう言うと思った」

「ならば、初めからこんなものを作るな」

「けどそれが、今のおまえに必要な物なんだよ」

大きくため息をついて、小野田先生は修一をじっと見つめていた。

お米は確か、お茶碗に普通と言われる盛り方で２３５ｋｃａｌ。これは大城さんの食事調整をしている間に、自然と覚えてしまったものだけど。そもそもこの和食に、それほどカロリーがあるとは思えない。

「付き合っていられない。帰らせてもら――」

「修一。今、身長と体重はいくつだ」

カウンターの椅子《いす》から降りかけていた修一を、先生のひと言が止めた。

「——なんだ、急に」

「ＢＭＩだよ、Body《ボディ》 Mass《マス》 Index《インデックス》. 関根さんに言われて初めて気づいたオレが言うのもなんだけど、よく見りゃ17前後ってところじゃないか？」

「ふん。そんなものが、パッと見でわかるものか」

「それが、わかるんだよ。おまえと違って、オレは乳児健診から小学校の健診まで全部やってたからな。ＢＭＩが17だなんて、小学生レベルの体格だぞ」

「だからどうした。あ、あんたには関係ないだろう」

不思議なことに、あれだけ高圧的だった修一が、今では引き気味になっている。

修一の目は落ち着きなく、左右に意味もなく行き来するようになった。

「だいたい身長が１７０㎝ぐらいで、ＢＭＩが17ぐらいなら……体重はヘタをすると50kg前後ってことになるじゃないか」

「あんたには関係ないと言っているんだ！」

必死になって反論する修一が、どこか泣いているように見えたのはなぜだろうか。

たぶん、あたしが先生に告げた「修一の痩せ具合の違和感」は当たっていたのだ。

おそらく元々、着ている服もぴったりだったはず。でもそれがブカブカになってしまい、頬はこけ、窪んだ目の下に隈ができた。

つまり元の修一も痩せ気味だったかもしれないが、これほどではなかったのだ。

「いいから、ひとくち食ってみろよ。いつも、昼メシぐらいは食ってるだろ？」

「いや。昼は、プロテインだけだ」

「え……？」

「炭水化物の摂取は、今の身体活動『レベルⅠ』には過剰なのでな」

身体活動レベルは、大城さんの必要摂取カロリーを決める時に調べたことがある。

レベルⅠは、確か「生活の大部分が座位で、静的な活動が中心」だったはず。果たして大病院の内科部長が、それに当てはまるのだろうか。

「なに言ってんだ？　外来やって、病棟も診て、あちこちの会議にも出るんだろ？」

「当たり前だ。人の上に立つ人間が部下より働かないなど、あり得ない」

「修一……身体活動レベルⅠでＢＭＩが17の成人男性に、炭水化物の摂取は過剰だなんて、どこの学会誌や文献に載ってた」

「個人差を考慮して、私が私自身に導き出したオーダーメイドだ。文句あるまい」

「それこそ、栄養士さんに相談したか？」

修一はカッと目を見開いて威嚇《いかく》したものの、さっきまでの勢いは感じられない。

まるで命が尽きる前の、最後の足掻《あが》きにさえ見えた。

「医師が自らの食事に関して、なぜ栄養士に相談しなければならない！」

「じゃあ今の体重で本当に適正だと、医師として思っているのか」

「当然だ。海外では肥満と喫煙は、自己管理能力の欠如と見なされる。一流の医療集団で長と名の付く者に、肥満など許されると思っているのか」

「おまえが肥満傾向だったのは、ガキの頃の話だぞ？」

「黙れ！　今の私は、次期理事長だ！」

それを聞いた小野田先生は、悲しそうな声でつぶやいた。


「やっぱり、ボディ・イメージが崩れていたんだな」

あれだけすべてに言い返していた修一の言葉が、初めて詰まった。

もちろんボディ・イメージが何のことなのか、あたしにはさっぱり分からない。

「修一。ボディ・イメージについては知っているよな」

それにもまったく、答えようとはしない。

先生から視線を逸らしたまま、修一はトレーに載った西京焼きを眺めているだけ。

「ボディ・イメージはあくまで『自分がイメージする自分の身体像』だ。たとえＢＭＩが健康基準を満たしていようが、痩せの分類に入っていようが、『本人が太っている』と思えばそれが真実の姿と認識される。体重計に乗せて数字を見せても、鏡に姿を映して見せても、誰と並べて比較しても、その認識は変わらない。それが、ボディ・イメージの崩れ。言ってしまえば認知機能のズレで、その根は深い」

確かに学生の頃から「太っている」「痩せている」は定番の話題だった。明らかに痩せているのに「太っている」と言って食事を抜く同級生がいたことを思い出す。

もちろんその風潮は社会に出た今でも強く存在し続け、同性だけならまだしも異性からの心ないひとことは、鈍く重く、何歳になっても心に突き刺さってくる。

「内科部長は忙しい。ストレスもかかるし、不規則な時間にメシも食う。かといってスポーツジムに行くような時間的、あるいは精神的な余裕はない。あとは医者の不養生《ふようじょう》――独自の判断で不健康なダイエットを続け、ついにBMIは17になった」

「それで?」

絞り出すような声で、ようやく修一がつぶやいた。

定まらなかった視線は戻り、今は先生を真正面から見据えている。

風前の灯火《ともしび》になっていた修一は、ついに開き直ったようだった。

「あんたの作ったこの食事を食べたところで、私の何がどう救われるのだ。この食事メニューに、何の意味がある」

「味噌漬けの焼き魚に、豚汁とご飯。水分、糖分、塩分、それから動物性タンパク質に、炭水化物。今のおまえに必要なものは『普通の食事』だ」

「普通？　だから、炭水化物は」

「聞け、修一――」

珍しく小野田先生が、言葉を遮った。

言葉を荒げるわけではなかったけど、それは毅然《きぜん》とした口調だ。

「――炭水化物のすべてが不要なカロリーじゃないことぐらい、医者なら分かっているはずだ。あくまでＢＭＩがいくつか、体脂肪率がいくつかによって、判断されるべき物。おまえは外来で、患者にそういう指導をするんじゃないのか」

「私は、栄養科に指示箋を書くだけ……あとは、栄養士の仕事だ」

修一は最後まで、小野田先生に逆らうことを止めなかった。

これを意地と呼べばいいのか、プライドと呼べばいいのか。

ただ修一の痩せ方と頑なさの起源は複雑で、長い時間をかけて形成されたものだということだけは理解できた。

「わかったよ。それは無理して食わなくていいし、食おうと思っても食えないだろ」

「どういうことだ？」

それには答えず、小野田先生は上の棚からミキサーを取り出した。

冷蔵庫からは牛乳とバナナ、そして安くて大きいことで有名なバニラアイスだった。

「修一……おまえ、親父とは会ってるのか？」

「当たり前だ。事あるごとに連絡もするし、毎月の経営者会議でも会っている」

「あいつは、おまえに何も言わないのか」

「何か言われるようなヘマを、するはずがないだろう」

適当な大きさにちぎったバナナを1本入れたミキサーに、牛乳を100ml、バニラアイスを50g投入した。

「そうか……おまえを見て、何も言わないか」

その声は大きなミキサーの音にかき消されたけど、あたしは聞き逃さなかった。

表情に出していないだけで、先生は明らかに怒っている。

そして先生は一度ミキサーを止め、偏ったアイスの塊をヘラでかき混ぜ始めた。

「おまえ、親父のこと好きか？」

「は？　思春期でもあるまいし、気持ち悪いことを聞くな」

「好きかって聞いてるんだよ」

いつになく突きつけるような先生の口調に、あの修一が押されていた。

「この歳になって、父親を好きも嫌いもないが……尊敬はしている」

「オレは親父が嫌いだ。絶対にあんな人間にはなりたくないと、子どもの頃からずっと思っているし、今でもその気持ちは変わらない」

「それは父さんがあんたの母親を捨てたことを、怨《うら》んでいるということか」

「いや。男だと分かっていたオレが生まれると、すぐに協議離婚へ持ち込んで親権を奪ったことなんか、今となってはどうでもいいし……その直後におまえのお袋がおまえを妊娠していると『知ってから』結婚したことも、どうでもいい」

「ものは言いようだな。そこだけを抜き出すと、まるで父さんが『跡取りの男児』だけを必要としていたように聞こえるが」

「違うと思うのか？」

鼻で笑う修一に対して、やはり先生は真顔で聞き返した。

あたしも初めてこの話を聞いたけど、少なくとも先生と同じことを考えていた。

「もしそう思うなら……あんた、どうかしているぞ」

「それもいいだろう、どうせオレのやり方は普通じゃない。問題は、そのあとだ」

「……そのあと？」

「おまえも覚えているはずだ。オレが中3の時、パスポートの申請でおまえとは異母兄弟――つまり、オレのお袋はあの人じゃないと知った時のことを」

「あぁ……あの時か」

「当然オレは、生みのお袋に会いに行ったわけだが……すでにその時、あの人はもう末期の癌《がん》だった。だからできる限りのことを――関連病院の一室がダメでも、緩和ケアの施設に入れて欲しい。それがダメなら介護ヘルパーを雇って欲しいと、親父に頭を下げたが……親父はあくまでも『すでに他人』として取り合わなかった。これは今日まで、おまえには黙っていたことだ」

「そ、そうか……それはまぁ、知らなかったが」

　先生がお父さんを嫌う理由は、とても複雑で。

　何が正しくて何が間違いなのか、あたしに断言できるようなものではなかった。

「親父には、人の感情がない」

「そんなことがあるものか。人の感情なくして、あれほど立派な医療グループを」

「おまえも病院経営に首を突っ込んでいるなら、そろそろ気づいているだろう。病院は『人間らしさがないほど儲《もう》かる』んだよ」

「それは間接的に、私を愚弄《ぐろう》しているのか？」

「ちょっと考えてみればわかるだろう。患者ひとりひとりの立場に立って、経済状態を考えながら、家族構成を、仕事内容を、過去の養育環境を、患者のキャラクターを考えながら。１日の外来で、何人の患者を診られると思う？」

「それは……病院機能的に考えて、二次医療や三次医療機関である総合病院のすることではない。一次医療として、個人病院がやるべき医療であって」

「だから、オレはこの診療所をやってんだよ」

「……わかった、あんたが小野田記念病院に興味のないことは十分わかった」

「オレはポルシェにも銀座の寿司屋にも興味はないし、ドラマのロケで使われるような病院を建てることにも興味はない。病院経営をゲームだと考えたこともなければ、スタッフを傭兵《ようへい》だと思ったこともない――」

その視線は、修一に向けられたままで。

あふれ出てきた過去の記憶に、動きを止められているようにも見えた。

「――オレが興味あるのは、そういう医者たちが相手にしようとしない患者だけだ」

遮断されていた体の電気信号を繋ぎ直したように、先生は冷凍庫から氷を取り出してミキサーの中へ何個か放り込んでまた回し始めた。

まるで、それを合図に。先生も修一も、この話はここで終わりにするようだった。

「それで？　あんたは今、何を作っているんだ」

「バナナ1本86ｋｃａｌ、牛乳１００mlで67、アイスは50ｇで95。合計たった２４８ｋｃａｌを、ふたりで分けるんだ。１２４ｋｃａｌぐらい、どうということはないだろう」

大きな回転音の止まったミキサーから、ふたつのロックグラスに注がれたクリーム色の液体。それはどう見ても、自家製のバナナシェイクだった。

「相変わらず、質問の意味が理解できないのだな。その泥状の液体は何だと、私は聞いているのだが」

「これを見て、昔を思い出さないか？」

「……昔?」

グラスを握ったまま、じっとバナナシェイクを見つめている修一。

それを待たず、小野田先生は先にグラスを傾けて飲み干してしまった。と同時に、先生の表情がいつもの穏やかなものへと変わっていく。

「うん、この味。お袋がオレたちによく作ってくれていた、バナナシェイクだ」

「な――」

それを聞いた修一は、今まで見せたことのない複雑な表情を浮かべた。

どう答えていいか、困っているようにも見える。

「――お袋だと?」

「ん? オレとおまえのお袋のことだけど」

グラスに注がれたバナナシェイクを眺めたまま、修一が固まった。

あたしには想像すらできないけど。異母兄弟はお互いの存在をどう思い、そのお母さんに対してどう思っているのだろうか。

「……あんたが中3の頃にヘソを曲げて以来、母さんは今でもずっと気にしている」

「なにを?」

「あんたの母親でありたかったと」

「気にしすぎだ。中3までは確かにオレの『お袋』だったと思っているし、その後も立派な『母親』をしてくれたと感謝しているよ」

「それを直接、母さんに言ったことがあるのか」

「ちゃんと母の日には、カーネーションを贈っているが？」

「本当に質問に答えない男だな。直接伝えたことはあるのかと聞いているのだ」

「どうだったかな。なんせオレ、ヘソ曲がりだし」

「まったく、このバナナシェイクといい……ろくなものじゃないな」

「は？　飲んでから言えよ、完全に再現してるから」

「見た目からして違う。今度……うちに来て、母さんに作り方を教わるべきだ」

視線も合わさずそう言った修一を見て、小野田先生がわずかに笑みを浮かべた。

「親父が居ない時なら、考えておくよ」

修一はそれ以上なにも言わなかったけど、ひとつだけ驚いたことがある。

先生の作ったご飯には、ひとくちも箸《はし》をつけなかった修一なのに。そのバナナシェイクだけは一気に飲み干して、大きなため息をついたのだ。

「おい。最後にひとつだけ、あんたに確認したいことがある」

「なんだよ。バナナシェイクの作り方か？」

「そうじゃない。気づいたのは、すべて彼女なのか」

「気づいた？　彼女って？」

「たったこれだけの時間で、憎まれ口しか叩かない男を観察して評価したのは、あんたじゃなく彼女なんだな……」

「そうだ、これが関根さんのプロファイリングだ。ここに来る患者さんたちは、これでずいぶん救われているんだよ」

あらためて先生にそう言われると、なんだか恥ずかしくて仕方ないけど。

修一の視線はぶれることなく、あたしに向けられたままだった。

「……そうか。悪かったな」

その言葉を残し、ドアはゆっくりと閉まっていった。

あれだけ憎まれ口を叩きながら、修一はあたしを認めてくれたのだろうか。

いや、忘れてはいけない。

ちょっとした人間観察が当たっただけで、あたしは無資格に変わりない。この診療所でレシピを覚え、担当させてもらう人が増えたからといって勘違いしてはダメだ。

唯一の救いは、いつの間にか頭痛が消えていたことだけだった。

▽　▽　▽

嵐のようだった日曜日は過ぎ。

肌寒いけど日射しの眩《まぶ》しい、月曜日の朝がやってきた。

でも小野田先生と八木さんは、10時前だというのに散歩に出かける様子はない。

それどころか先生はスーツ姿で、キャリーケースを持って部屋から出て来た。

八木さんは紫でもなくテラテラもしていない白い襟シャツに、黒のジャケットではなく落ち着いた濃紺のスーツを着て、朝のコーヒーを飲んでいる。

「颯、待たせたな」

「新幹線、11時だよね」

先生は冷蔵庫から銀色パッケージのワンハンド・ゼリーを取り出して、ぶしゅっと10秒で朝食を済ませた。

残念ながら毎朝恒例の「なんでもホットサンド」がないのは、仕方のないこと。

だってふたりは今日から土曜日まで、診療所とは別のホールディングスの仕事で全国主要都市を回るのだから。

「関根さん。やっぱりオレか颯のどっちか、残った方が良くない？」

「とんでもないです。そんな……先生たちの足を、引っぱるなんて」

なぜか、先生が不安そうに見ている。

新患さんはお断りするというか、まず来る人はいないし。来たら来たで、丁寧にキチンとお話をして後日の予約を取ればいい。

今週は瀬田さんが毎日執筆をしに来るのと、大城さんと今後の食事内容をゆっくり決めるだけで、忙しさも不安もない。もちろん木曜から土曜までは居酒屋のバイトがあるけど、今まで通りに「こなす」ことが目的で、まったく新しい業務ではない。

「颯。オレ、行かなきゃいけない感じ？」

「CEOだよね。まとめてこの週にって先方に言ったの、クマさんだよね」

「あれはどうだ？　ビデオ会議」

「人事異動後の案件もあるし、もう当日だし」

「おまえが残るってのも、アリだと思うんだけど」

「クマさん、5社8部署をぜんぶ仕切れる？」

「そりゃあ、オレだって……まぁ、なんとか努力すれば」

「相手の顔と名前と役職、一致してる？」

「全然してない」

今になってどうするか悩んでいるようだけど、新幹線の時間は待ってくれない。

心配してもらうのは嬉しいとはいえ、あたしだってもう28のアラサーだ。初めてのお手伝い以上のことはできると思っている。

「大丈夫です。何かあったら、必ず連絡しますので」

「絶対だぞ？　オレが出ない時は、颯のスマホを鳴らすんだぞ」

「いや、さすがにお仕事中は」

「いいから、約束。そうじゃなきゃオレ、行くのヤメる」

スネた子どもじゃないんですから、カウンターに座ってそっぽ向かないでください。

八木さんも、呆れているじゃないですか。

「クマさん。それ、わりと真剣に言ってるよね」

「オレはいつだって真剣だ」

「だってさ、関根さん」

「は、はぁ……じゃあ、遠慮なく」

「ほら、クマさん、関根さん、OKしてくれたよね」

仕方ない感じ全開で、ようやく先生は立ち上がってキャリーケースに手をかけた。

八木さんの言うように、わりと真剣に行かないつもりだったのだろうか。というより、元から行きたくなかったのではないだろうか。

「じゃあ、関根さん。1食分ずつジップに分けて1日3食5日分、曜日を書いて冷凍庫に入れておいたから。作るのがめんどくさかったら、それを解凍して食べて」

「えっ……そんなの、いつ作ったんですか？」

「昨日」

修一が帰ったあと、緊張の切れたあたしは部屋でダウン。そのあとは晩ごはんに起こされて、お風呂に入って、ちょっとスマホをいじっていたらそのまま寝落ちした。

まさかその間ずっとご飯を作ってもらっていたとは、恥ずかし過ぎるほど怠惰《たいだ》だ。

「す、すいません……何から、何まで」

冷凍庫に15食分もおかずが入っていたら、間違いなく料理は作らないと思う。

そもそも、食材を買いに行くという気にならない自信がある。

「それから、これ。診療所各所のカギと、セキュリティのカードね」

「あ、お預りします！」

「セキュリティーのかけ方、メモした？」

「はい、もちろんです！　一番、大事なことですから！」

「まぁ、まぁ。イージーにな、イージーに」

「そうはいかないです。医薬品と医療機器ですから、厳重に管理しないと」

少しため息をついて、先生はあたしの頭を軽くポンポンした。

最近それ多いですよね、嫌いじゃないですけど。

「そんなに張りつめてると、ワーキングメモリが埋っちゃうよー」

ようやく笑顔を浮かべた先生は、キャリーケースに手をかけて親指を立てた。

八木さんにまで同じ仕草をされて、思わずあたしも親指を立ててしまった。

「い、行ってらっしゃいませ」

なんだか妙な見送りになってしまったと、恥ずかしくなった直後。出かけて行ったふたりと入れ替わるように、開けられたドアから瀬田さんが弱々しく入って来た。

「な、菜生りん……」

「おはようござ——瀬田さん⁉　今日は、どうされましたか！」

「……眠い。寝ても寝ても、眠いのはナゼだ」

大丈夫。ワーキングメモリを理解した今のあたしなら、きっとできるはず。

無理になったら恥ずかしがらず「ちょっと待ってください」と途中で止めよう。

ひとつずつ、漏れなく、確実に対応していけばいいのだ。

しかも孤独な戦いは、たった5日間なのだから。

▽　▽　▽

2日目、火曜日。

昨日の初戦は、瀬田さんの管理だけで終わることができた。

とりあえずタンパク質として鶏そぼろの卵とじを摂ってもらったら、わりと元気になり。

その後は2時間ごとの水分と糖分を、コーヒーと紅茶と氷砂糖で管理。瀬田さんはコーヒーの時はブラックが好みなので、糖分は別途で摂取してもらった。

結局あとは終電までソファーで原稿を書いていたので、晩ごはんのついでにお風呂にも入ってもらい、帰ったらすぐに寝られるようにしてあげた。

でも今朝は、起きた直後から嫌な予感しかしない。

理由は瀬田さんじゃなく、今日が火曜日だからだ。

「うわ……どんどん寒くなるなぁ」

外来のカウンター診察室の暖房を付け、入口のドアを開けると。

驚くことにそこにはもう、患者さんがふたりも並んで待っていた。

「えっ！　瀬田さん、いつから待ってたんですか⁉」

「うーん……20分ぐらい前？」

「もう、なんでチャイム鳴らしてくれないんですか。外、寒いじゃないですか」

「菜生りん。ここ、玄関チャイムとかないから」

「な、まぁ……そ、そうですけど……せめて電話してもらったら、開けたのに」

急いで瀬田さんを中へ入れたあとは、予定外のもうひとりだけど。

今日は火曜日――なんとなく、そうなるんじゃないかと思っていた人だった。

「関根さん、すいません。連絡しようと思ったんですけど、朝早く起こすのも……」

明らかにお疲れ顔の柏木さんは、予定外だけど想定の範囲内。あらかじめ電話連絡をもらわなくても、朝起きた時から今日はこうなるのではないかと思っていた。

「いいんですよ。今日は、火曜日ですから」

「え……」

「なんでもないです。入ってくださいお仕事ですよね？　どっちのソファー席に座るかは、瀬田さんと相談して決めてくださいね」

子どものようにどっちのソファーが好きかモメることなく、自然に分かれたふたり。

あたしのテーマは「ひとつずつ、漏れなく、確実に」を、絶対に忘れないこと。

だから最初は、瀬田さんからだ。

「瀬田さん。今朝は、泥のように眠くなかったですか？」

昨日の朝、瀬田さんがここへやって来た時。真剣にヤバい状態じゃないかと思ったあたしは、変な汗をかきながらタクシーに乗ったばかりの先生にすぐ電話した。

視線は合っているようで、合っていないし。呂律《ろれつ》が回らないほどではなかったけど、会話はかなり一方的で。ソファーに座ったところでタブレットをカバンから出し終わるまでに、荷物を何個も床に落としては拾うの繰り返しだった。

それなのにワンコールで出てくれた先生の答えは、なんと「脱水」と「低血糖」というお決まりのやつだった。

「いやぁ、さすがクマ先生というべきか。たぶんあれ、当たりですわ。とりあえずここまで来るのに、今日はゾンビの徘徊《はいかい》みたいにならなくて済みましたからね」

「……昨日、そんな感じでここまで来てたんですか」

「わりと正しい表現だと思うけど」

自宅で執筆する時。瀬田さんには2時間ごとにタイマーをセットしてもらい、水分と糖分を摂ってもらうようにしているのだけど。これは寝起きには通用しないのだ。

寝る前にどれだけ水分と糖分を摂ったか分からないうえに、寝ている間も水分は見えない水蒸気となって抜けていくらしい。もちろん体を維持するために、寝ているだけでもエネルギーは使われてしまう。つまり基本的に寝起き直後は、脱水と低血糖に傾いていると考えていいのだという。

そして最近はこれに、季節的な朝の寒さが加わるのだ。

「ちゃんとお家では、暖房をかけているんですよね？」

「ダメダメ、室温を上げたってダメなんだって。朝は暖房だけじゃ寒気がするから、カイロまで貼ってるレベルなんだから」

「水分と糖分が足りないだけで、そんなに冷えるんですか……」

「いやぁ、わたしも低血圧だとばかり思ってたんだけどもね。今なら分かるわ、あの血が回ってない感。むしろ血が足りないから低血圧なんじゃないのかと思うもの」

体が冷えると血管は縮むらしく、手先が冷たいときに白っぽく見えるのは、毛細血管が縮んで見えなくなっているからだという。この状態だと当然、血管だらけの脳も活動が鈍るので、血管を広げて血液を回してやらないと頭の思考も回らない。

ならば体を温めれば血管は広がりそうなものだけど、水分が足りていないと体を巡る血液も足りないわけで。

そのためにまず体を温める、そして水分を摂るのだ。

さらにその水分を体に吸収しやすくする働きもあり、かつ最も早く使えるエネルギーである砂糖を摂って血糖を上げるのが、瀬田さんには一番いいらしい。

「じゃあまず、これで脱水と低血糖の補正をしてください。体も温まりますし」

ボウルみたいな瀬田さん専用の大きなカップに、フレンチプレスで紅茶を淹れ。ベルガモットと洋梨のシロップに漬けた氷砂糖をいつものように運んだ。

「あざっす」

「ただ紅茶はコーヒーより少ないとはいえ、カフェインが血管を収縮させるらしいんですけど……イオン飲料水と10秒チャージのゼリーじゃ、ダメですか？」

「絶対、あとで飲みますから」

「次は温かい牛乳と黒糖シロップなんて、どうですか？　豆乳でもいいですよ？」

「了解しました。だからまずは紅茶で、おなしゃす」

正論ばかりではダメだと、小野田先生も言っていたけど。

瀬田さんはあたしの心配をよそに、シロップ漬けの氷砂糖を温かい紅茶にドカドカ入れて、もの凄く満足そうに飲んでいた。

「――キタキタ、これこれ。なんか色々と体に回ってきた、この感じ！」

もちろん、紅茶のカフェインで目が覚めたという話ではない。

「効果、そんなに早いんですか」

「糖分ってね、早いと10分ぐらいで体感できるのよ。ほら、見てこれ。菜生りん、わかる？　指がピンクになって、ポッポしてきたでしょ」

「あ、ほんとだ……」

瀬田さんの冷たかった手は、いつものピンクでぷにぷにした指に戻っていた。

こうなれば瀬田さんのメンテは簡単で。タンパク質を含むご飯を作ってあげればいいだけ。その証拠に、瀬田さんの視線はすでにタブレットへ吸い込まれていた。

そうすると次は「火曜日の」柏木さんだけど。

ともかく「ひとつずつ、漏れなく、確実に」を、忘れてはいけない。

「柏木さん。コーヒー、ここに置いて大丈夫ですか？」

「えっ!?　あ、すいません！」

「いいんですよ、そんなに慌てなくても」

今週もまた、一心不乱にキーボードを叩き続けている。仕事が遅れているのか、クライアントの無茶なリテイクかは、あたしが知るべきものではない。

美容室っぽいトリートメントの香りと、がっちりセットされた髪も、いつもと変わらない。ただなんとなく、今日はいつもと慌て方が違うような気がした。

「まいったな。なんでこんな……」

理由はたぶん、柏木さんが珍しく見せている「苛立《いらだ》ち」のような表情だ。

そのせいだろうか。いつもは気にして触らないのに、今日は髪を思い切りかき上げていた。もちろんクセをつけられていた髪は、微妙におかしな方向にハネてしまう。

その姿を見ていると、どう声をかけるべきなのか悩んでしまった。

「……っと、すいません。ひとりごとが多くて」

コーヒーに口をつけて一拍おき、柏木さんは小さくため息をついた。

「あっ。あたしこそ、すいません。こんな所に立ったまま」

余計なことに口を挟むべきではないけど、何かの手助けにはならないだろうか。そんなことを考えていたせいで、気づけば柏木さんのそばに立ち尽くしていたのだ。

「今回は……自分のミスなんです」

「え……？」

結果として、柏木さんが話すきっかけになったのならいいのだけど。

急ぎのお仕事の手を、止めさせてしまっていないだろうか。

「なんでこんな仕様ミスに気づかなかったのか……自分でも、わからないんです。これは、あいつのせいなんかじゃないんです」

あいつのせい、というのは今のあたしに触れられるものではないと思った。

でも「なんでこんな仕様ミスに気づかなかったのか」に関して、あたしは少しだけ柏木さんにお話しできることがあるような気がしてならなかった。

「あたし、小野田先生に『ワーキングメモリ』の話を教えてもらったんですよ」

「……メモリ？」人間の脳も、メモリを積んでるんですか？」

「らしいですよ。なんか人によって数も決まっているらしくて、それが埋まった状態だと、いつもなら処理できることも漏れてしまって、ミスが増えるんですって。そのワーキングメモリの数のことを『同時処理能力』って言うらしいです」

「なるほど、メモリか……そうか、バックグラウンドね……小野田先生がよく言ってた『脳処理システムにおける気分転換の意義』も、実は同じことだったんですね」

「はい……？」

「システムジャンクとDNSキャッシュのクリア、RAMの解放ってやつです」

ぜんぜん意味がわからないけど、柏木さんの理解は早かった。

「あたしも最近、いろいろ考えすぎちゃったり、副業でバイトしたりして、ワーキングメモリが埋まっちゃってたんですよね。それで、かなり痛いミスを」

「関根さんが？　ぜんぜん、そんな風には見えなかったですけど」

「本当……みなさんに、ひどい迷惑をかけちゃって」

「そんなミスを……？」

「あ、すいません！　急いでおられるのに、手を止めてしまって！」

「いえ、ありがとうございます――」

意外にも、柏木さんの表情が少しだけ明るくなっていた。

あたしの失敗談が、少しでも気晴らしになったのならいいのだけど。

「――実は自分、デカいアプリがバックグラウンドで、ずっと動いてるんです」

「は、はぁ……」

「関根さんの言うワーキングメモリを食いっぱなしなのに、解放できないやつです」

きっとそれは「あいつのせいなんかじゃないんです」に繋がるのだろうけど。残念ながらそれに関しては、あたしに言えることはないと思う。

「なんか、ちょっとだけ気が楽になりました」

「そ、そうですか……なら、良かったんですけど」

柏木さんの気が楽になっても、ミスが減るとは限らない。

だって想像通りなら、ワーキングメモリを埋めているのは彼女さんなのだから。

「関根さん。ついでにちょっと、聞いてもいいですか？」

「なんでしょう。あたしに分かることなら、何でも答えますけど」

「同じ物ばかり食べる男って、やっぱり女性から見たらキモいですか？」

「いえ、別に」

「え……？」

「……え。一般的には違うんですか？」

なぜか質問した柏木さんが、驚いた顔を浮かべている。

あたしの答えって、そんなに非常識だったのだろうか。

「なんて言うか……機械みたいだとか、料理の作り甲斐《がい》がないとか……そういうの、ありません？」

「ぜんぜん。ラクだと思いますけど」

「即答ですね」

「いや……悩む余地がなかったので」

柏木さんの笑顔を見たのは、久しぶりな気がした。

こういう笑顔を素直に見せられると、確かに女性が放っておかないだろうけど。

「ありがとうございます。すいませんでした、変なこと聞いて」

「あ、いえ……こちらこそ」

この笑顔が見られたということは、ミスなく対応できたということだろうか。

だとしたら、あとはふたりとも食事の管理だけだ。

「おふたりとも、お昼のメニューは考えておいてくださいね」

「鶏そぼろの卵とじ、そぼろ大盛りで！」

「きつねうどん、あります?」

やはりふたりともいつもと同じメニューだけど、それのどこがダメなのだろう。

いや、今は余計なことを考えず、ワーキングメモリを埋めないようにしないこと。そしてこのままふたりに集中して、2日目も無事に乗り切りたい。

ともかく、ひとつずつ、漏れなく、確実に。

その甲斐あって、無事にふたりを終電に見送ることができたのだった。

▽　▽　▽

3日目、水曜日。

今日は朝の冷え込みを心配して、20分早く入口のドアを開けたというのに。

すでに瀬田さんと大城さんが、玄関先で談笑していた。

「もう、瀬田さん……早く着いたら、電話してくださいって」

「なんか電話しようとしたら、大城さんが来ちゃったから」

「はよざまーす」

瀬田さんは、今週末が締め切りのラストスパート。

大城さんは、1週間の食事とカロリーデータを見ながら再調整案を考える日だ。

その前にとりあえず、ふたりには中に入って温まってもらわないと。

「はい。瀬田さんはまず温かい豆乳と黒糖シロップで水分と糖分を補充して、体温を上げて脳と体の血流を良くしましょう」

「あざっす」

「あとは一応、お昼ご飯も考えておいてくだ――」

「鶏そぼろの卵とじ、そぼろ大盛りで！」

瀬田さんの管理は、このままいけば大丈夫だと思う。急に他社から依頼が入っても、急に担当編集さんが異動になっても、締め切りは死にかけながらでも達成する人。その間、管理方針は熱帯魚の水槽みたいに一定かつ安定が基本だ。

問題は今日もカウンター席に座って、スマホを差し出してきた大城さんだ。

「どうですか、大城さんの方は……」

「……こんな感じです。あ、コーヒーいただけます？」

「ブラックですか？」

「いいえ、ミルクと黒糖シロップで」

それを聞いて、少しホッとした。

ということは、元の目標値である１日２２００ｋｃａｌに戻って――いなかった。

「え、これって……」

スマホの管理アプリを見て、愕然とした。

マスコットキャラが半泣きで提示していたのは、なんと4258kcal。ついに前回の最大摂取カロリーを越え、4000の大台に乗ってしまった。

「大変申し訳ない。や、でも今日はここまで歩いて来たので、これを見てください」

スクロールで見せてくれたのは「運動」の項目。

歩行が60分で、257kcalの消費になっていた。

「1時間も歩いて来たんですか⁉」

「この運動の消費分で、黒糖シロップとミルクを入れたコーヒーが飲めます」

ラーメンのために薬を飲むのも、コーヒーのために歩いて来るのも同じ。

大城さんの理屈は、管理方針からは大きく外れていないけど。果たして1日の総摂取カロリーをどう調整すればいいのか。

「あの……小野田先生から、お薬は調整してもらいましたよね？」

「はい。高脂血症も管理するからということで、1剤増えましたけど」

「増えましたか……そうですか」

これは難しいというか、間違いなくあたしの独断では何も言えないレベル。

大城さんの大好きなラーメンや唐揚げを、軽はずみには許可できそうにない。

「関根さん。やっぱり、呆《あき》れてますよね」

「え……？　いや、呆れてるんじゃないんです。どうしようか、悩んでるんです」

「言い訳させてください」

「あたしは別に、怒ってはいなくて……その、困ってるだけで」

「実は今、Ｗｅｂに連載していたものを書籍化するにあたって、毎日８０００字ぐらい書き直しているんです」

「８０００字……って、どれぐらいなんです？」

「４００字詰め原稿用紙にびっしり隙間なく書き込んだとして、20枚です」

「えっ！　それを毎日!?」

もちろん何も考えずにキーボードを叩いた「あああああああ」で、８０００字ではないだろう。あたしなんて原稿用紙５枚の感想文や、Ａ４サイズ３枚の資料をひとつ作るだけで、泣きそうになっていたというのに。

「そんなワケで……ともかく書いてると、ボクは何か飲んでるんです。そして、食べてるんです。逆に何かを口にしてないと書けないんです」

「たしかに瀬田さんも、血糖が下がると何も考えられないとは言ってましたけど」

「あとはボク、途中で色々あって……それで食べちゃったのも、あるんですよね」

「あ、例の『どっちのレーベルにするか問題』ですよね」

「いえ。彼女と別れまして」

「えぇっ!?　なっ――ちょ、待ってください！」

ここはためらわず「ちょっと待ってください」と止めていい所だろう。でないと、絶対にワーキングメモリがパンクしてしまう。

それにあたしには惰性《だせい》で付き合っていた元カレとフェードアウトするぐらいの経験しかないのに、恋愛相談になんてのれるはずがない。

「や、仕方ないんです。7年も定職に就かず、バイト店長とか派遣とかしながら作家を目指していた、ボクのせいですから」

「だって今は、作家としてちゃんと」

「いいんです。『デブは嫌いだからチョコ禁止』とか言った挙げ句、ベッドが壊れるからって部屋にも上げてくれなかった彼女なんで」

「あ、いや……うん？」

肩を落として、キッチンに掛かったお玉とフライ返しを眺めている大城さん。

これ、どう答えていいか真剣に困る恋愛相談ですよね。

どこをどう慰めればいい話なんですか。

「その、あれですよ……うん」

こんな状態の大城さんに、栄養士さんならどんなプランを提案するのだろう。

もちろん逃げるのは簡単なことで、正論を言えばいい。

ラーメン禁止、チョコも禁止、カロリーは2200以内。今日も1時間歩けたのだから、明日からも毎日歩きましょう。そうだ、ラジオ体操もしてみませんか――。

でもそれは、大城さんと一緒に考えていることになるだろうか。一緒どころか正論という名の下に、大城さんをひとりぼっちにして見捨てていないだろうか。

小野田先生の言葉が、頭の中に甦る。

――正論だけじゃ、続けられる人も続けられないでしょ。

こういう時、本当に栄養士の資格が欲しいと心から思う。

「そう、ですねぇ……」

どれぐらい沈黙が続いたか分からないほど集中して、ひとつの結論に辿り着いた。

たぶんこれ以上のアイデアは、今のあたしからは出て来ないだろう。

「……大城さん、こういうのはどうですか」

「こんなボクにも、できそうなヤツですかね」


「明日は、今日を絶対に越えない」


「……と、言いますと?」

「たとえば昨日のデータ、摂取カロリーは4258じゃないですか。だから『今日は絶対に4258を越えない』だけを守るんです。たとえそれが、4200でもいいんです。その58を越えなかったら、成功でいいんです」

「あ、なるほど。じゃあもし今日が4200になったら、明日は」

「4190でいいから、明日は『今日を絶対に越えない』ことだけを目指すんです」

ほほう、と妙に嬉しそうな顔で大城さんが考えを廻《めぐ》らせている。

やがて納得できたのか、ウンウンとうなずいてクイッとコーヒーを飲み干した。

「さすが、関根さんですね。どこぞの厳しいだけの病院とは、極める角度が違う」

「まぁ、それはそれで……ちゃんとした栄養士さんの、お話ですからね」

「ボクは断然、関根派です」

そう真正面から言われると、恥ずかしくて仕方ない。

とても、まともな栄養相談をしているとは思えないからだ。

「ぜんぜん摂取カロリーが減らないより、いいと思っただけです。それに……なにか具体的に目標値がないと、がんばる気になれないと思って」

「ですよね！」

ニッと笑顔を浮かべた大城さんの後ろから、どよんと活気のなくなった瀬田さんがカウンター席にやってきた。

時計を見ると、すでに11時半を過ぎている。

「菜生りーん。頭の回転が落ちてきたー」

「どうします？　水分と糖分を摂って、もう2時間ぐらいがんばるか。あるいは、もう早めのお昼にするか」

「あー、じゃあ……うーん、がんばる」

「かなりヤバいんですね」

「コーヒーのブラックと角砂糖が希望なんだけど、ダメ？」

「緊張型頭痛は、大丈夫なんですか？」

「……ちょっと、ある。菜生りんは大丈夫なの？」

「あたしですか？　今日は、ないですけど」

言われてみれば、今週になってから頭痛は一度もない。

診療所での仕事は、あたしにとってストレスではないということなのだろうか。

「頭痛があるなら、カフェインは摂らない方がいいんですけど」

「わかった……でも、あったかい紅茶が飲みたいよ……豆乳は、飽きたよ……」

半分泣きそうな顔になっているので、ミルクティーにして薄めて出してあげよう。

甘さは瀬田さんの好きな物を選んでもらえば、納得してくれると思うし。

「あ、瀬田さん。来てからまだ一度もトイレに行ってないですけど、大丈夫です？」

ハッと思い出したように、瀬田さんはトイレに駆け込んでいった。

今日もまた、ひとつずつ、漏れなく、確実に。

これで残すところ、乗り切らなければならないのは2日間となったけど。

明日の木曜からは、居酒屋でのダブルワークが待っているのだった。

▽▽▽

そしてすべては、木曜日から崩れ始めた。

瀬田さんが朝の7時から診療所にやってきたことは、特に問題ではなかった。17時すぎには帰ってもらわなければならなくなったので、それはあたしからお願いしたこと。朝早くに来させて、逆に申し訳ないとすら思っていた。

でも瀬田さんは原稿に集中すると、寝ない、食べない、水分も摂らない、トイレにも行かない——これを本当に18時間以上も続けてしまう。正直なところ、瀬田さんが自宅でひとり原稿を書いているところを想像すると、心配でならなかった。

だからいつものように2時間ごとの水分と糖分の摂取、それに合わせてエコノミー症候群予防に取り入れたラジオ体操をして。タンパク質を中心にしたいつもの鶏そぼろ丼をごはん少なめで食べてもらい、間でトイレの声かけをする。

それ自体は、何事もなく過ぎていった。

問題はそのあと、18時からの居酒屋「禅」のバイトから始まった。

今までとはまったく変わってしまった、と言わざるを得ない。

どうしても体調が安定しない里磨さんの代わりに、大将が今週から新しく入れたというバイトの女性ホールスタッフ、瑠衣紗《るいさ》さん。

大将も今週は仕事をしながら、この人をどうしていいのか悩んでいたようで。その影響はもちろん、あたしにも大きく降りかかってきた。

ともかくミスがないように、キッチンが止まらないように、ただそれだけを目標に神経をすり減らしながら乗り切ったので、正直なところ仕事の内容は覚えていない。

気づけば頭が真っ白になるほど疲れて、タイムカードを押して着替え。

いつもより人の少なかった木曜日の夜に、ただただ感謝しながら帰った。

金曜日の午後18時。

瀬田さんを見送ったあと、苦行と化した居酒屋バイトが再び始まった。

もちろんその理由は、新しい女性ホールスタッフの瑠衣紗さんだ。

「セキネさーん。おきゃくサン、ににん、いらっしゃーい」

「え……あ、ご新規さん、ふたりですね？　お通し、ふたつ出します」

「あとはね。もっと、はやい？　からあげ」

「……？　あ、はいはい！　唐揚げ、今やってます、すぐ出しますから！」

ひとつずつ、漏れなく、確実に――。

集中しないと、また時給泥棒に成り下がってしまう。

今まで通りに「こなす」ことが目的ではなく、ミスの許されない状況になってしまったけど、それは仕方のないこと。

常に固定のメンバーで部署が動くことなんてあり得ないと、あたしは知っていた。

でもこの急な変化に慣れるためには、膨大なエネルギーが必要なのも知っている。

「ごめんね、関根ちゃん。瑠衣紗とは、大丈夫そう？」

「大丈夫です。大将こそ、里磨さんの方は大丈夫なんですか？」

「まぁ、そっちはいいんだけど……おーい、瑠衣紗！　2卓さん、オーダーだ！」

「はいよー」

大将が言うには、最近バイトの応募が異常に少ないらしく。有名コーヒーチェーン店やファミレスでもない限り、中小の飲食系はどこも慢性的にバイト不足らしい。だからよほどのことがない限り、応募に来た人を面接で落とすことはないという。

「悪いね。ちょっと時間の流れが人と違うけど、あいつ悪い奴じゃないからさ」

「だ、大丈夫です。大将もフォローしてくださるので」

「ほんと、ごめんよ。間違っても、あいつを奥キッチンには入れられなくてさ」

「OKです。あたしも、ホールは苦手ですから」

そんなところへホールスタッフとして入った、瑠衣紗さん。

どうやら里磨さんの親戚だか、お友達だか、知り合いらしく。やはり日本人離れをした顔立ちが特徴だ。

それは全然問題ないのだけど、残念ながら里磨さんとは決定的に違うことがある。

「セキネさーん。ナンコツ、まだー？」

「え……何卓でしたっけ」

「あー、かみね。これ、はいどーぞ」

まず、どこまでシステムを理解しているのか分からない。オーダー用紙に書き込んでもそのまま忘れてポケットに入れていたり、そもそも伝票に付けていなかったり。

「これ、何番のテーブルですか？」

「おく、ってかいてるよ」

「あー、奥ですね。７卓……いや、ハンガーが多い方です？　少ない方です？」

「すくないテーブル」

「８卓ですね。了解です」

卓番号が書いてないのは、何度言っても通じないというか、忘れられてしまう。

このあたりから、どうもワーキングメモリが少ないのではないかと思い始めた。もちろんあたしのメモリが多いわけではないし、少ないからといって悪いことではなく、それは個人差だと小野田先生から聞いて知っているつもりだ。

とはいえ──。

「あと、セキネさーん。ビールねー」

「すいません。ちょっと今……ドリンクは、瑠衣紗さんが出してもらえますか?」

「あー、そうね。ビール、どっちだった?」

「右の赤い取っ手の樽《たる》──待ってください。生ですか、瓶ですか?」

「ビールだよ? ショチューじゃないよ?」

「ビールは生と瓶の2種類があるので、確認してきてもらえますか?」

「はーい」

「あ、あっ! それ、どこのテーブルでした?」

笑顔は素朴《そぼく》で可愛らしい印象だし、愛嬌《あいきょう》もある。昨日から見ていると、お客さんもなんとなくそれで許してくれている感じはある。早く料理を出したいから帰ってきて欲しい時でも、テーブルのお客さんと話し込んでいる時もある。

それ自体は、居酒屋ではいいことなのかもしれない。

ただあたしが、めちゃくちゃ疲れるのだ。

それに大将が気づかないはずもなく、なにかと声をかけて気にしてくれる。

「ごめん、関根ちゃん。お通し、あとひとつ。それから、手羽先──え、大丈夫?」

「はい。大丈夫ですよ?」

「いやいや。今なんか、薬を飲んでたでしょ」

「あぁ、これですか。ただの頭痛薬です」

「体調悪いの？」

「いえいえ。あたし、頭痛持ちなんですよ」

「そうだっけ？」

「昔は、なかったんですけどね」

あたしはちゃんと、笑えているだろうか。

最初はあたしだって、大将と里磨さんに迷惑をかけっぱなしだった。挙げ句に適材適所とか言って、ホールからキッチンに移動させてもらったのだ。

今度は里磨さんの代わりに、あたしが瑠衣紗さんのフォローをする番が来ただけ。それは前職でも、新人さんが来れば同じだったはず。

「セキネさーん。やさいのピーマン、なしねー」

「すいません、どのサラダのことですか？」

皮肉にもあたしを気弱にしているのは、緊張型頭痛という『知識』だった。

あんなことは、もしかすると知らない方が良かったのかもしれない。

なぜなら知ってしまったことで、あたしが何をストレスに感じ、あたしの体が何を嫌がっているのか、はっきりと自覚できるようになってしまったからだ。

「悪い、関根ちゃん。手羽先じゃなくて、レバーを解凍してくれる？」

「え……揚げちゃいましたけど」

「揚げたのは、食べちゃっていいから。おーい、瑠衣紗！　他には！」

「だいじょうぶよー。あとは、コロコロだけよ」

「うちはシロコロもマルチョウも、おいてねぇんだってば！」

瑠衣紗さんを負担に思っていることは間違いないけど、この緊張型頭痛は昨日から始まったものじゃない。つまり瑠衣紗さんは頭痛の要因のひとつだけど、すべてではないのだ。

こんな時、自分が妙にいろいろと覚えていることが裏目に出る。

あたしの緊張型頭痛が出るのは、決まって2パターン。

お金のことを考えている時と、居酒屋でバイトのある木曜、金曜、土曜。

診療所で患者さんたちと接している時は、決して出ないのだ。

「明日の仕込みは里磨に手伝わせるから、関根ちゃんは18時からにしよう」

「大将、ダメですよ。妊婦さんにそんなことさせちゃ」

逆にあたしの方が、大将にはシフトを都合良く調整してもらっていたのだ。土曜14時からの仕込みをやらせてくださいと頼んだのも、あたしの方からだ。

楽をして稼げるお金はない。

だからみんな犠牲を払いながら、心を折られながら、がんばっているのだ。

大丈夫。それはいま考えても仕方ないから、まずは集中しよう。

余計なことを考えてあたしのワーキングメモリが埋まったら、ラストオーダーまでキッチンもミスだらけになり、大将は孤立無援になってしまう。

だから最大限に大将の声とホールに耳を傾け、瑠衣紗さんのフォローをしながら。お客さんから不満が出ないことだけを目的に、なんとかラストオーダーというゴールに辿り着くことができた。

「関根ちゃん、おつかれー。もう上がっていいよ」

「えっ？　まだ、11時半を過ぎたばかりですよ？」

「いいよ。あとの閉め作業は、ぜんぶ瑠衣紗にやらせるから」

「でも、ホール担当なのに」

「それじゃあバランス悪すぎだし、関根ちゃんに申し訳ないよ。瑠衣紗も掃除と洗い物なら、ミスのしようがないだろうし」

「でも……」

「明日もこの調子かと思うと申し訳なくて、頭いてぇわ」

大将がそう言ったのは慣用句としてか、それとも本当に頭痛がするのか。

そんなことまで考えてしまうあたり、今日もやはり余計なことを考えながらキッチンに入っていたことは間違いないと思う。

ワーキングメモリを埋めない難しさは、お寺の座禅に通じるかもしれない。

「じゃあ、すいませんけど……また、明日」

「おう、サンキューな！」

「セキネさーん、またあしたねー」

タイムカードを押してエプロンを外すと、たったそれだけで中世の騎士が鎧《よろい》を脱いだように体が軽くなった。もちろん鎧を身に付けたことはないけど、それほど的外れな表現ではないとすら思う。

「あぁ、帰ったらお風呂を沸かさないと……このままズブッと布団に潜り込みたいけど、緊張型頭痛には湯船が大事だし……実際ちょっと、ほぐれるし」

西荻窪駅の南口から、診療所への夜道。

吐く息が毎日どんどん白さを増していく中、学費の不安も日ごとに増していく。

気づけば年末は迫り。年が明ければ、春はもうすぐそこだ。

「あ……まだ次のジクロフェナクナトリウム錠を、飲んでいい時間じゃないのか」

やっぱりお金のことは、無意識に頭痛を誘発する。

エプロンを外してから少し忘れかけていたのに、これは正直すぎるだろう。

「あれ……？」

んん診療所は、西荻窪北口に広がる閑静な住宅街の中にある。

次の角を曲がればまっすぐ歩くだけの、どちらかというと少し暗い場所。

それなのに今は、妙に騒がしい――というより、クルクル、ピカピカ光っている。赤と青のランプが入り乱れ、近所の家やブロック塀を異様に照らしているのだ。

「……ちょ、まさか」

ばくんと一拍、心臓が強烈に血液を吐き出す。それを合図に、駆け出す前から心拍数は一気に跳ね上がった。

火事ならもう、炎や煙の臭いがしてもおかしくないはず。

事件か、事故か――どのみち、嫌な直感が消えることはない。

「待って……ほんと、待って……うちじゃないよね⁉　あたしじゃないよね！」

全速力で角を曲がると、その光景に心拍数がさらに跳ね上がった。

だって赤や青のランプを回した車が止まっていたのは、診療所の前なのだ。

「なにがあったの――なんで、うちなの！」

「あーっと、待って下さいね。ここの住人の方ですか？」

門の前にいる警察官は、診療所の中庭にさえ入れてくれない。

それはそれで頼もしいけど、あたしは当事者なのだ。

「そうです！　今週、あたしひとりなんです！」

「住所が分かるような、何か身分を証明する物はお持ちですか？」

「なにがあったんですか⁉　あたし、なにやっちゃったんですか！」

慌てて免許証を取り出そうとしたら財布ごとカバンから滑り落ち、その他の小物と一緒に小銭をまき散らしながら暗闇を転がっていく。

視界は涙で滲み、暗い手元がさらに見えなくなった。

最悪だ——きっとあたしは、最悪の事態を招いてしまったのだ。

「あー、すいません。その人、うちの職員なんで」

無様《ぶざま》にしゃがんで暗闇の財布を拾うあたしに、その声は光を与えてくれた。

見あげたそこには、居るはずのない小野田先生が穏やかな笑みを浮かべている。

「先生⁉　だって、今日はまだ——」

「大阪で飲んで一泊した方が、楽だったんだけどね。まだ新幹線の便もたくさん残ってたし、なんとなくオレも颯も『帰るか』って話になってさ」

地面に膝をついたあたしを、小野田先生が手を引いて起こしてくれる。

この安堵《あんど》感だけに浸っていられたら、どれだけ楽だろうか。

「先生……診療所、なにがあったんですか……あたし、何をやったんでしょうか」

「あー、なんかさ。空き巣に入られたって、連絡があったんだよね」

「ええ——ッ⁉　な、そんな……嘘、でしょ……なにそれ」

「ごそごそ荒らされてたけど、何か盗られる前に鳴ったみたいだね」

ん診療所の前はライトで照らされ、警察官が何人も出入りしていた。

その周囲では警備会社の人が、警察官と話をしている。

そして気づけば、あたしの手が小刻みに震えていた。

「じゃあ……でも、なんで先生が……ここに」

「関根さん、落ち着いて。警備会社ってアラームが鳴ると、施設管理責任者に必ず連絡してくるのよ。で、ちょうど東京駅まで帰ってたオレのスマホが鳴ったわけ」

あたしの頭の中を、もの凄い速度で思考が駆け巡っていった。

警備会社のアラームが鳴ったということは、あたしはいつも通り、セキュリティをオンにしてバイトに出たということだろう。

いや、ちゃんと思い出さないとダメだ。

薬剤だらけの薬局と、医療機器のある診察室の入口は絶対にロックした。

それから、家を出る前に——。

「施設管理責任者の、小野田玖真先生ですか?」

「あ、はいはい。そうです」

黒いヘルメットに透明なバイザー、そして濃紺の制服に真っ黒いベスト。

声をかけてきたのは警察官ではなく、銀行やATMの出し入れをしている時によく見かける警備会社の人だった。

「アラームの確認が終わりました。薬局と処置室は問題なく作動していました——」

よかった、本当によかった。

なにせ薬剤や医療機器、使い捨ての針や注射器まであるのだ。そこだけは毎日必ず、緊張しながらセキュリティをかけていたと自信を持って言える。

「——ただ、入口はセキュリティが入っていなかったようです」

その安堵感は、一気に緊張と焦燥に逆戻りした。

まさかあたし、入口だけ——?

「それ、空き巣に切られたとかじゃなく?」

「いえ。記録を確認しましたけど、最後にロックをかけられたのは『昨日』でした」

あたしは月曜日から毎日、心がけていたことがある。

それはひとつずつ、確実に、漏れなくやること。

瀬田さんのこと、柏木さんのこと、大城さんのこと、そしてバイトのこと。そのすべてに集中できていたという自信があった。

それなのに、入口だけセキュリティをかけ忘れた?

薬局と処置室はロックして、入口だけ忘れた?

「せ、先生……すいません、あたし……でも、なんで……」

あたしのせいで空き巣に入られたというのに、なぜか先生は優しく微笑《ほほえ》んでいる。

そして相変わらず、あたしの頭を軽くポンポンとなでてくれた。

「まず、空き巣に入るヤツが悪い。関根さんは悪くない」

「そういう問題じゃないです。あたしが、ちゃんとセキュリティをかけていれば」

「きっとひとつずつ一生懸命、確実にやってたんだろうね。漏れがないようにさ」

「え……？」

「オレらがいない間の話だよ」

「でもあたし……こんな、とんでもないことを……」

「ちゃんとひとつずつ、確認してたんだと思うよ。瀬田さんと哲ちゃん、あと大城さんが来たんでしょ？」

「……はい。でも……でも、結局これじゃあ」

「よし、瀬田さんのことはキチンとできた。よし、哲ちゃんのことはＯＫ。どうせ大城さんも、無理難題を言ってきたんじゃない？　でもそれも、ちゃんとできた」

「とりあえず、ですけど……やれるだけのことは」

「昨日もバイトのことを考えながら、ちゃんとすべてのセキュリティをかけて診療所を出た。もう関根さんは、ワーキングメモリ一杯までがんばってたのさ」

　先生のその言葉が、すべてを説明していた。

「あ……まさか、そんな」

昨日、木曜日。

あたしはいつものように、全力でバイト先に向かった。いつものように集中して、いつものようにミスがないように、キッチンを「こなそう」と思っていた。

でもその集中力は、新しいバイトさんを迎えたことで簡単に崩れた。

そして今日は、朝からそのことで頭が一杯になっていた。

「だからこそ、今日だけ抜け落ちた。最後の最後に、ひとつだけ漏れた。その理由は簡単。昨日から今日にかけて、想定外の負荷が関根さんに加わったんだと思う」

もちろんそれを、瑠衣紗さんだけのせいにするのは簡単だ。

でもこんな状況はどこの職場にも普通にあることで、誰にでもあることで、誰もがみんなこなしていることだ。

それを、あたしはできなかった。

その結果、あたしの処理回路から漏れ出したのが、この大失態なのだ。

「ごめんね、関根さん。約束を守ってあげられなくて――」

「なんで……先生が謝るんですか」

「――ギリギリになる手前で止めるから、なんてエラそうに言っておきながら」

「先生……あたし、やっぱり……」

「え……関根さん？　ちょ、関根さん⁉」

世界の駆動音が止まった気がして、あたりの景色が色を失った。

体を支えていた筋肉はエネルギーの供給を止められ、すべての機能を失う。

人の最後はこれぐらいあっけないものなのかと考えながら、視界が一気に狭くなり。やがてすぐに、周囲のざわついた声が遠のいていった。

「どうされました⁉　救急車、呼びますか⁉」

「いや、大丈夫です。おい、颯！　脳虚血か、過換気だ！　処置室へ運んで――」

覚悟したのは、地面の砂利を顔面で受けること。

でも最後に感じたのは、小野田先生の温かい胸の感触だった。

第4章　ストレスの着地点

どうやら空き巣は、近隣の民家でも被害が続いていたらしく。ん診療所の防犯システムに、高感度カメラと高感度センサーと——あとは熱感知だとか顔認識だとか。映画でしか見たことがないような、やたら「高感度」で「高機能」なものをたくさん付けていたおかげで、犯人はわりとすぐに逮捕された。

「やっぱ防犯設備は、颯の言う通りにしておいて正解だったわ」

「クマさん、要らないって言ってたよね」

「だって軍用の一歩手前の暗視カメラとか、普通はそこまで要らないと思うだろ。あの『六連オート防犯ペイントボール』だって、いつ付けたんだよ」

「まぁ、そこは俺の趣味だよね」

そんな一件落着な雰囲気で、朝のホットサンドを焼いてもらいながら。いまだにあたしは、申し訳なくて顔が上げられないでいた。あの時の、あたしときたら——。

空き巣に入られたという激しい緊張で、あたしの体は完全に臨戦と防御の態勢に入り。全身の血管が収縮した状態だったのだろうと、あとから先生に説明された。

そこへ小野田先生が現れたことで急激に安堵したあたしの体は緊張を解き、収縮していた血管を一気に広げたため、脳から一時的に血液が手足へと退いていった。

その結果、脳虚血という状態——つまり、気を失ってしまったというのだ。

ショックでパタンと倒れるシーンを、映画では何度も見たことがあったけど。まさか自分がそうなるとは、思ってもみなかった。

そのあとのことは、もちろん覚えていない。気づけばガンガンに暖房の効いた処置室で点滴に繋がれ、目の前には伏せて寝てしまった小野田先生の顔があった。

あの気まずさというか、恥ずかしさというか、ドキドキ感というか。

たぶんあれは、一生忘れないと思う。

「はい。関根さんは、いつものやつね」

「ど、どうも……」

あたしはワーキングメモリの大切さを、身をもって痛感した。

たとえどれだけ自分が「できる」「大丈夫」「ストレスなんてない」と思っていても、それが幻想であることを脳と体が無意識の領域から教えてくれる。

あれは、うっかりミスなどというものではない。

「引きずってるなぁ。いいじゃん、ちゃんと入口の鍵はかけてたワケだし」

「けど……あたしがセキュリティを入れ忘れなければ、泥棒には入られなかったかもしれないじゃないですか」

「タラレバとカモカモは、考えてもキリがないって。犯人も捕まったんだし、この話はこれで終わりにしよう」

「……でも結局、大将にも申し訳ないことをしてしまいましたから」

このままでは、次に迷惑をかけるのは間違いなく大将だろう。

そう考えたあたしは、急で申し訳ないけどバイトを辞めさせてもらうため、頭を下げに居酒屋「禅」に行ったところ。

どうやら里磨さんの妊娠が「嘘」だったらしく、大将はめちゃくちゃ落ち込んでいた。

挙げ句に瑠衣紗さんが売り上げを持って突然いなくなったりと踏んだり蹴《け》ったりで、それどころではない状況になっていたのが可哀想だった。

「まぁ、夜の世界ではよくあることだし。関根さんが気にすることじゃないでしょ」

「……明日から大将、どうするんですかね」

「ほら、関根さん。だから、そういうの」

「え?」

「またワーキングメモリが埋まってるでしょ」

「あ……」

そこへカフェオレを差し出してくれたのは、なんと八木さん。

たぶんこの診療所に来てから、初めてのことだ。

「関根さんは、カフェオレでいいよね」

「――す、すいません！」

ダメだ。みんなに朝のコーヒーを淹れるのは、あたしの仕事なのに。それすら忘れて、八木さんに淹れてもらうなんて。

先生の言う通り。あたしのワーキングメモリは、また埋まっていたのだ。

「ほんと関根さんて、何でもひとりで抱え込むよね。この世界って、そんなにひとりでがんばらなくても良くない？」

「あたしには、何もないですから……何もない人は、他の人よりがんばらないと、みんなと同じ場所に並べないんです」

「すっごい根性論が返ってきたけど、そもそも同じ場所に並ぶ必要ってあるの？」

「え……？　そ、それは、並んでいないと……人並みの生活ができないっていうか」

「だいたい、何でもひとりでやってるヤツなんて、そんなに居る？　大統領だって、社長だって、まわりにサポートが居てこそでしょ」

「それは、偉い人だからです。あたしみたいに普通とか普通以下の人間には、そんな頼れる人は居ないんです」

「いやいや。そこでオレらの立場は？　頼りないってこと？　信用ならないって？」

「そうじゃないんです……お気持ちは、とても嬉しいんですけど……そうじゃなく」

あたしが修一の状態をプロファイルして当てたことを喜んでくれたらしく、小野田先生はそのお礼に専門学校の学費を「無利子で貸す」と言ってくれたのだけど。

その額はあたしのやったことに対して、あまりにも不釣り合いだ。

「じゃあ、どうする気なの。大将のとこは辞めたワケじゃん？」

「なにか他に、もうちょっと自分に合ったバイトを」

「まだバイトする気でいたの⁉」

「だって……」

アンコ入りのホットサンドを、練乳入りの極甘カフェオレで流し込むと。

軽いため息と共に、小野田先生が真顔になった。

「関根さん、『過労死』って知ってる？」

「知ってますけど……そんな、大袈裟な」

「過労死を『疾患』として考えると、その『診断基準』ってめちゃくちゃ曖昧《あいまい》なんだけどさ。過労死の『前兆症状』や過労死の『死因』は、ハッキリしてるんだよ」

「先生。あたしそこまで、ブラックに働いてないですって」

「人間は機械じゃない。過労死は肉体労働負荷の『金属疲労』だけで起こるものじゃなく、精神的な負荷とセットで相互作用を起こす『システムエラー』だ」

「……そうかもしれませんけど」

「思い当たる症状があってもらっちゃ困るから、確認で聞くんだけどさ——」

こんなに真顔になっている先生を見るのは、とても久しぶりで。それだけに真剣さも、いつもと比べものにならないぐらい伝わって来るとはいえ。

診療所や居酒屋の仕事を思い出しても、さすがに過労死は想像できなかった。

「クマ先生、おあようごらいまーふ」

そんな朝イチの診療所のドアを開けたのは、ちょっと予想外の瀬田さん。

とても危なかった締め切りは先週がんばって乗り越えたはずなのに、話し方からして何かがおかしかった。

「瀬田さん、どうしたのよ。口の中、どうかしたの？」

「れす。ハミガキで血らけれすし、なに食べれも血らけれす」

相変わらず大荷物の瀬田さんをすぐにカウンターへ座らせると、先生は奥から珍しく診察器具を持って戻って来た。

「ちょっと、診るよ？」

診察用の薄いゴム手袋をして、2本の木製の使い捨て舌圧子《ぜつあつし》を取り出し。1本で舌を押さえながら、もう1本でカウンター越しに口腔内診察を始めた。

「はい、ここで『あーっ』って声出して」

「あーあーあー」

あっという間に診察を終えてしまったけど。

意外に診断を即答せず、感染性廃棄物入れに手袋と舌圧子を捨てた。

「なんだこれ……ヘルペス性歯肉炎じゃなさそうなんだけど」

「そうなんれすか？　わらし、口唇ヘルペスにはなったことありまふよ？」

「口角の裂傷《れっしょう》がないし、歯肉の腫れも場所によって、あったりなかったりだし」

「え……なんか、悪いものなんれすか？」

「頻度の高い順番から言うと、だいたいヘルペス性歯肉炎なんだけど……その次に多くて……瀬田さんだろ？」

先生が頻度の高い疾患から考えるのは、よく知っているけど。理由が「瀬田さん」ということも、何か診断に繋がるのだろうか。

「……まさか、まだ他に締め切りがあるの？」

「いやいや、まさかまさか。おかげれ、ぜんぶ倒しましたれすわ」

それを聞いた先生は、肩を落として小さくため息をついた。

「けど、何か負荷はかかってるでしょ」

「うーん……企画書はモリモリ出してますけろ」

「それ、休めないの？」

「いやぁ……重版のかかる売れっ子作家やないれすし、わらひは常に出さないと」

「……作家って、なんかもっと勝手に休みが取れる印象だったんだけど」

「それは幻影れす」

「まぁ……印税と重版の仕組みを聞かされたら、確かになぁ」

「れ、クマせんせー。けっきょくこの歯ぐきは、いったいナニモノれす？」

「たぶん、ストレスによる歯肉炎だろうな」

「いっ――⁉　ストレスが、歯ぐきに⁉」

「あまり聞かないと思うけど、歯科ではフツーだな」

もちろんあたしも聞いたことがなくて驚いたけど。

その前に、歯科のことまで知っている先生にも驚いてしまった。

「じゃあ、歯ぐきから悪い血を、瀉血《しゃけつ》すればいいれすかね」

「中世ヨーロッパか。違うよ、ハミガキ禁止、硬い食べ物と刺激物も禁止。あとは毎日、ポピドンヨードで消毒」

「めんろくさーい……」

「ちなみに根本的には仕事を休まないと、心身症デパートも年中無休になるけど」

「無理れすよ……重版かからない限り、書かないと無収入れすよ……」

カウンターに突っ伏した瀬田さんは、もう全部どうでもいい感じになっている。

　それをあたしの隣で見ていた先生は、不意に何かを思いついたようだった。

「瀬田さん。オレの記憶が正しかったら、今年に入って、ずーっと締め切りだよね」

「れすね。らいたい毎月……いや、２週間ごと？」

「関根さんに聞いたけど、同時に２冊書いてた時期があるんだって？」

「たまたまれす」

　それを聞いて、先生が軽く首を横に振っている。

　その仕草は、明らかに良くないサインだ。

「ちょっと聞くんだけどさ。動悸《どうき》って、感じたことある？」

「……殺意の動機れすか？」

「違う、違う。心臓の方」

「あ、バクバク感？」

「そう。なんか、脈が変だなって感じ」

「あー、時々ありまふねー。寝て起きたら消えてまふけろ」

「あり、か……じゃあ、肩以外に体で痛くなる所はある？」

「うーん……腰？」

「他は？　意外だなと思う場所が、痛くなることはないか？」

「意外……首とか顎、ぐらいれすかね。顎関節症《がくかんせつしょう》かと思った時期もありまひた」

「……顎は、あるのか」

それを聞いた先生がわずかに顔色を変えたけど、誰も気づいていないと思う。

でもこの表情は、かなり危険なことを察知したに違いない。

「あの、先生？　瀬田さん、歯肉炎以外にも何かマズいんですか？」

「過労死の死因は半数以上が心疾患で、特に30代では心不全が最大の要因だけど」

「過労死⁉　瀬田さんがですか⁉」

「ふぇあ――っ⁉」

思わず、瀬田さんと顔を見合わせてしまった。

それはブラック企業で、過酷な労働を強いられている人たちのものだとばかり。

「その可能性が『完全に否定できない』症状ではあるね」

「瀬田さんの、どの症状ですか？　まさか、歯ぐきの腫れですか⁉」

「いや。過労死の前兆症状に『関連痛』というものがあってね。それは心臓以外の痛みで、時には腹痛と勘違いされたり、肩、首、顎など一見すると心臓とは無関係な部位なので、見逃されることもある」

「せ、先生……じゃあ、瀬田さんは」

「ぜんぜん決まったわけじゃない。けど、ストレスのかかり方には個人差がある。1日の執筆作業時間とその継続期間の1年を考えると、精査が必要なのは間違いない」

そう言うと先生は、カウンター内の診療用パソコンで紹介状を書き始めた。

そのあと電話していたのは、あたしも検査してもらった、あの駅近クリニック。

間違いなく、先生は本気で過労死の前兆症状を疑っているのだ。

「じゃあ、瀬田さん。脅かしてるみたいで申し訳ないけど、その関連痛が『偶然のもの』だと言い切るためにも、ここへ行って検査してもらってきてくれる？」

「ふぁ――ふぁい！」

「そんなに緊張しなくても、大丈夫だよ。前に受けた人間ドックの結果だけだと、ちょっと物足りないってことで」

先生は冗談やお金儲けのために、こんなに検査を受けさせることは絶対にない。逆に検査や薬でも、不必要な物は極力出さない。なるべくそういう治療や検査が必要にならないように管理することこそが、大人のミニマル・ハンドリングなのだ。

「あ。あと、口腔内消毒用のポピドンヨード。いま、颯に持って来させるからさ。間違っても歯ブラシで歯ぐきをガシガシやって『瀉血』しないでね」

「ふ、ふぁい！」

「それから悪いけど、検査の日まで3食うちで食ってもらえるかな。家には寝に帰るだけか、ベッドと枕が変わっても気にしないなら、処置室で寝泊まりしてもいいし」

「あざす……すひません、あざす……」

過労死の前兆症状が、こんなにも身近に存在するとは。

全部「ストレス」で片付けていると、とんでもないことになってしまうのだ。

「関根さん――」

あたふたする瀬田さんを眺めたまま、先生が小声でつぶやいた。

「は、はい！」

「――関根さんには思い当たる症状、ないよね？」

思い返してみると、体があちこち痛むことはあったけど。これといって珍しい場所が痛んだ記憶はない、と思う――たぶん。

「はい……それにもう、バイトは辞めましたし……」

小野田先生の言っていた「ギリギリ」とは、このことだったのだろうか。

つまり緊張型頭痛やワーキングメモリが減ることも含め、程度の差こそあれ心身症状のすべては、体の出しているギリギリ手前の黄色信号ということになる。

「そっか。よかった」

「けど、瀬田さんが……」

「万が一を否定するためだから、そんなに心配しなくていいよ」

「……それでも、心配ですよ」

「それはオレと颯が、関根さんに言いたいことでもあるよね」

「関根さんはもう『ギリギリの状態』を知ってると思ってたんだけどなぁ」

「え……？」

不意に思い出したのは、じんま疹だらけになっていた前職の営業。

もしあのまま仕事を続けていたら――あたしも今の瀬田さんと、同じ状態になっていたかもしれない。

辞めることをためらわない勇気は絶対に必要だと、あれほど痛感したというのに。あたしの体が「緊張型頭痛」と「ワーキングメモリの減少」という形で教えてくれている黄色信号を、あたしは大丈夫だと断言できるだろうか。

そのことを改めて、瀬田さんに教えてもらったような気がしてならなかった。

▽　▽　▽

やがて木曜日になったけど、気のせいか朝から心は少し軽かった。

その証拠に、こめかみを締め付ける緊張型頭痛もない。

そんなに居酒屋のバイトを負担に思っていたなんて、この歳で恥ずかしい限りだけど。

みんなが平気だからといって、自分も平気で当たり前と考えることは止めた。

根性なし、意気地なし、という言葉からの解放――。

もしかするとそう割り切れたことが、心を軽くしているのかもしれない。

「はよーございまっす！」

診療室カウンターで掃き掃除をしていたのは、処置室に泊まると決めた瀬田さん。そんなに気を使われたら、休んでもらっている意味がなくなるじゃないですか。

「瀬田さん……また、お掃除してくれてたんですか？」

「菜生りん。タダで泊まって食べ放題&体調管理され放題なんてね。いくら心臓の周りに脂肪が付いている私でも、そんな厚かましいことはできませんてば」

「その自虐《じぎゃく》的な表現は、事実でもヤメてくださいよ」

前回の人間ドックで心臓周囲の脂肪を指摘されていた瀬田さんは、今回の精査でそれが酷くなっているのではないかと心配していた。

そのくせ夜にこっそり処置室の前を通ってみたら、やっぱり電気が点《つ》いていたので、企画書や何やらと仕事をしていたのだろう。できれば大好きな音ゲーをスマホで遊んだり、動画でも観てリラックスしていて欲しいのに。

「なんだよ、瀬田さん。また掃除してくれてんのか」

「クマ先生、はよざいまっす！」

「歯ぐきはどう？」

「ぜんぜん」

ニッと歯ぐきまで見せてくれたけど、それは素人目にもすごくキレイで。

小野田先生は自分の判断が間違っていなかったことに、満足そうだった。

「じゃあこっち来て、なんか食おうぜ。瀬田さんはホットサンド、なに挟む？」

「できればチキンとツナと、マヨネーズたっぷりで！」

「チキンとツナと……ケチャップにしような。糖質は多いけど血糖が上がりやすいし、カロリーは低いし」

「了解です！」

「颯は？」

「チーハム。ダブルで」

遅れて八木さんが姿を現し、４人で摂る朝食の光景は新鮮だった。

なんだか家族がひとり増えたようで、あたしは嬉しかったけど。瀬田さんの検査が終わるまで、不安な気持ちは消えそうにない。

とはいえ、そのあと先生と八木さんは朝の散歩に出かけ、一緒に行きたそうな顔をしながら瀬田さんが渋々とソファー席で仕事を始めてしまえば、あとはいつも通り。

患者さんが来る気配がないのもいつも通りで、あたしは瀬田さんの水分と糖分の管理を、いつも通りにしてあげるだけでよかった。

「菜生りん。今日のお昼は、なに予定？」

「今日は珍しく、柏木さんがお昼に来られるんですよね。だからそれに合わせてになりますけど、いいですか?」

「全然いいけど、常連のIT系の人でしょ?　別に、珍しくないのでは?」

「今日、木曜日じゃないですか」

「……で?」

瀬田さんが知らないのは当たり前だったけど、最近の柏木さんには珍しいことで。火曜日じゃないというだけで、あたしは少しホッとしていた。

そんな話をしていた12時少し前、予定時間ピッタリに入口のドアが開いた。

「こんにちは――あ、どうも」

「あ、ども……」

ふたりとも視線を合わせたまま、フリーズしている。

瀬田さんはソファー席を移動するべきか譲るべきか、考えているのだろう。それを察知した柏木さんは、ソファー席には座らないことをわざわざ伝えるべきかで悩んでいるのだと、わりと簡単に想像できた。

相変わらず瀬田さんも柏木さんも、人見知りというか不器用というか。別にお互いを嫌っているというわけではないけど、会話がスムーズなわけでもない。

だからといって、この診療所ではそれで何の問題もない。

ただあたしが、間に入ってあげればいいだけなのだ。

「柏木さん。今日は、お仕事PCもなしですか？」

「ご心配をおかけしました。もう『火曜日に来る』ことはないと思います」

それをきっかけに柏木さんは仕事道具をなにも広げずカウンター席に座り、瀬田さんはまたタブレットで作業を始めた。

柏木さんが火曜日の彼女さんと別れたのは、間違いないだろう。

がっちりセットされていたヘアースタイルはどこへやら、いつもの清潔無造作ヘアーに戻っている。ほのかなトリートメントっぽい髪の香りも消えたし、眉に手を入れた様子もない。格好いいのに違和感のあった、あの妙な感覚はすっかり消えていた。

「そ、そうですか……」

しまった。だからといってどう答えればいいか、準備をしていなかった。

それは良かったです、というのが正直な気持ちだけど。それでは「別れておめでとうございます」という嫌な感じにならないだろうか。

そんな葛藤を察知してくれたのか、柏木さんの方から話を振ってくれた。

「前に見て食べたいなと思ってたんですけど、今日はあれを頼んでもいいですか？」

「あれって……何です？」

「鶏そぼろの卵とじ、ってヤツです」

たぶん「前に見て」というのは、瀬田さんが頼んでいた時のことだろう。

それにピクッと反応した瀬田さんは、わかりやすく「私もお昼を食べていいですか？」と、顔に書いてあった。

「いいですよ。柏木さんの好きないつもの『腹系《ハラ》のタレ』で作る途中に、卵を割りほぐして入れるだけですから」

いやいや瀬田さん、手を挙げてアピールしなくても大丈夫です。

ちゃんと一緒に、瀬田さんの分も作りますから。

準備しておく腹系《ハラ》のタレは、調味料と分量を丸暗記してしまったぐらい頻繁に使っている「しょう油、みりん、酒、全部40mlずつに、砂糖を大きいスプーン2杯」で。あとはフライパンで鶏挽き肉200gぐらいをグレーになるまで炒めたら、そこに腹系《ハラ》のタレ投入するまでは「鶏そぼろ」とまったく同じ。

違うのはこのあと、2分ぐらいお酒のアルコールを煮飛ばしたら、割って軽く溶いておいた2個の卵を入れるだけ。雑に黄身をほぐす程度の方が、白身と黄身の塊ができて「丼もの」っぽくなるという。

2人前ならこれらをすべて倍量にして一気に作るか、調理時間はそんなにかからないので2回に分けて作っても大丈夫。

あとはタレを煮詰めつつ、割り入れた卵がお好みの固さになるまで「混ぜずに」フライパンの上でグラグラと「煮る」だけ。ここで混ぜてしまうと「スクランブルエッグ鶏そぼろ」になって——まぁ、それはそれで美味しいのだけど——卵とじと言うには、ちょっと残念な見た目になってしまう。

できたらそれをお玉ですくい、どんぶりのご飯の上に載せれば完成。

柏木さんは玉ねぎが好きではないので入れていないけど、鶏挽き肉を炒める時にお好みで入れたら「卵丼の鶏そぼろ入り」と言える物になるだろう。

「あ、ほんとに同じ匂いなんですね。なんか、安心します」

「同じ腹《ハラ》系のタレなんで、味も安心してください」

あ、はいはい。瀬田さん、わざわざ取りに来たんですね。

こっちのどんぶりに盛りましたけど、そんなに残念そうな顔をしないでください。

「……菜生りん」

「すいません……瀬田さんは『大盛り禁止』と、先生から言われているので」

そんな瀬田さんの様子を見ていた柏木さんは、いつも通りの笑顔を浮かべ。やはりお箸ではなく、スプーンで鶏そぼろ丼をカシャカシャっと混ぜて食べていた。

「あ……これ、好きです」

「同じ味付けなのに卵とじにするだけで、あたし的にはレパートリーが増えた気になれて、そういう意味でもお得なんです」

「うん。別メニュー感、ありますね」

「ちなみにスーパーのお惣菜売り場で「とんかつ」を買って来て、鶏の挽き肉の代わりに入れたら、どうなると思います？」

「――菜生りん、それカツ丼になるでしょ！」

ソファー席から、瀬田さんが先に答えてしまったけど。

あの口調だとたぶん、次に来た時には注文しそうだ。

「あぁ、そうか。たしかに、カツ丼になりそうですね」

「そうなんです。あたしには脂っこいし、ちょっと重くてムリでしたけど」

やはり瀬田さんが手を挙げて、夕飯にアピールしている。

ダメです。検査が終わるまでは、油物も禁止ですから。

「なんか……関根さんには、かないませんね」

「なにがです？」

「同じ味付けでも、ちょっと考え方を変えるだけで、すぐ2品にしちゃうわけで」

「いやいや、違いますよ？　これ、ぜんぶ小野田先生の受け売りですから。あたしはただ、それをメモしてその通りに作ってるだけなので」

食べるのを止めてスプーンを置き、柏木さんは軽くため息をついた。

やっぱりそうは言っても、いつもの鶏そぼろ丼の方が良かったのだろうか。

「先週、別れようって言われたんです」

「……はい？」

「バックグラウンドで、ワーキングメモリを食ってた女性に」

これはまた、急な角度で来ましたね。

たしかに、それを聞きたかったのは間違いないですけど。いざその話になると、どう言葉を返していいのか分からないじゃないですか。

そもそも、柏木さんがフラれたみたいだし。

大城さんもそうだけど、もう少し前振りをしてくれると助かるんだけどな。

「業務上の上長にあたる人が合コン好きで、断れなかったんですよね。その時に知り合った女性だったんですけど……やっぱり、別れたらミスがなくなりました」

「なるほど……それは、その……アレでしたね」

良かったですねと言えばいいのか、残念でしたねと言えばいいのか。

そんなことに悩んで言葉を慎重に選んでいると、入口のドアが勢いよく開いた。

時刻は12時過ぎ——いいタイミングで、小野田先生が帰ってきたのだ。

「おやぁ？　火曜日を止めた、哲ちゃんじゃないか。集中力は戻ったかい？」

「ども」

「顔色も良さそうだな。無理な餌付《えづ》けから、解放されたってワケか」

「ははっ。最近は、朝の体調もいいですね」

ヒヤッとすることをサラッと言う先生だけど、柏木さんとも長いみたいだし。

そもそも先生の興味は、すでに瀬田さんのどんぶりに向いていた。

「瀬田さーん。それ、ごはん大盛りじゃないよね」

「違います、違います！　ね、菜生りん！」

「関根さんは、瀬田さんに——っていうか、みんなに甘いからなぁ」

「先生。あたしはそのあたり、ちゃんとできる人間ですよ？」

満足そうな笑みを浮かべた小野田先生は、珍しくそのまま白衣を羽織るとカウンターの中に入って来た。つまり、診察スイッチが入ったということだ。

「それより、哲ちゃん。契約解除は免《まぬが》れた？」

「なんとか」

契約解除という言葉を聞いて、背中を嫌な汗が伝った。

柏木さんは、フリーランス形態のはず。まさか毎週火曜にミスが連発していたせいで、危うく仕事を失うところだったのだろうか。

「マジか。人付き合いが苦手なくせに、あれをどうやって回避したのよ」

「こういう時のために、合コンとかになるべく参加して機嫌を取っているんですよ」

「哲ちゃんが混ざると、なんか可愛い女子が集まってくるからだろ？」

「どうですかね。撒《ま》き餌《え》にされてる感はありますけど」

「あー、やだやだ。古き悪しき時代の慣習――上司の接待か。その合コンが理由でワーキングメモリが落ちてたんだから、皮肉なモンだけどな」

「まぁ……もうそろそろ、フラれそうだなとは思ってたので」

「え……哲ちゃんが、フラれたってこと？」

「いつもそうですよ」

「いつも？　毎回？　その顔で？」

「毎回です。顔は関係ないと思いますけど」

なんて入りづらい会話なんだろう。

先生が柏木さん用にコーヒー豆を挽き始めたので、あたしは向こうのソファーから熱い視線を送り続けている瀬田さんの紅茶を準備しようかな。

「オレ、ずっと知りたかったんだけどさ。哲ちゃんて今まで、どうやって女子と付き合ってきたの？」

先生、ずいぶん直球を投げましたね。

フレンチプレスのタイマーをセットし忘れたので、勘でやるハメになりましたよ。

「……さあ」

「さあって……どういうこと？」

「付き合いたいと言われれば、付き合いますし……別れようと言われれば、別れますし

「……そんな感じです」

あまりにも柏木さんの答えが想像の遙《はる》か上を行きすぎていたので、瀬田さん用に淹れていた紅茶をこぼしてしまった。

ちょっとこの急なワーキングメモリの埋まり方は、勘弁して欲しかったです。

「ほらほら。関根さんも、すげー驚いてるじゃん」

「すいません、関根さん」

「――いえいえ！　これはあたしが、勝手にこぼしたので！」

凄すぎますよ、柏木さん。

無自覚にモテる人が存在するのは知ってましたけど、ここまで無自覚とは。

「もちろん、好きだとか付き合おうって言ってくれるわけですから……ありがたい話だなとは思ってますよ？」

「わかった。哲ちゃん、それだ――」

うんうんとうなずいて、小野田先生が柏木さんの肩を優しく叩いた。

先生の恋愛アドバイスは大丈夫かな、的を外れて場外に飛んで行かないかな。

「――哲ちゃんが『好きだ』とか『付き合いたい』って思わない人とは、付き合わない。それだよ、それがいい。瀬田さんも、そう思わない？」

「うぇあ――!?」

急に話を振られて、瀬田さんが箸を落とした。

先生、急な角度にもほどがありますって。

「女子の意見として、どう？」

「で……ですね。ハイ、クマ先生に賛成デス」

「関根さんは、どう思う？」

「あたし⁉」

「いいじゃん、教えてよ。女子の意見、その2として」

答えにくいけど、前から思っていたことは言った方がいいかもしれない。

だって柏木さんには、いつも元気でいて欲しいから。

「で……ですね。そうすることで柏木さんのワーキングメモリがひとつ空いて、それを恋愛以外のことに使いたいのなら、それに越したことはないと思います」

「おぉ、さすがウチの関根さんだわ。以上、女子の意見でした」

なんだか強引に話を持っていかれた気が、しないでもないけど。

ともかくあたしは本当に、柏木さんが特に好きでもない人のことでワーキングメモリを一杯にしなくていいと思った。

少なくとも、今じゃなくてもいいと思ったのは嘘じゃない。

「ありがとうございます。ほんと、先生と関根さんには助けてもらってばかりで」

「いやいや。ウチはそういう所だから、気にするなって」

「けど……なにか、自分にできるお礼ってないですかね」

「じゃあ関根さんの学費、なんとかしてよ。クラウドファンデーション的な感じで」

「学費、ですか？」

「ちょ──先生！」

なにを言い出すんですか、柏木さんが真に受けたらどうするんですか。

あと、ファンデーションじゃなくてファンディングです。

「冗談だよ。けど超ラクチンで、超高額なバイト？　そういうの、知らない？」

「先生……お願いですから、柏木さんに無理なことばかり言わないでくださいよ」

「条件次第ですけど、ありますよ？」

「えっ⁉」

「ほら。あるじゃん」

そんなバイト、夜のオシゴト以外にあります？

柏木さん系のＩＴなオシゴトなら、あたしには絶対無理ですからね？

「いまだに手書きデータの取引先が、わりとあるんですよ。それでキーパンチャーのバイトは、常に募集してるんです」

「キーパンチャーって……データ入力だけのやつですか？」

「時々ベリファイはありますけど、コールセンター業務はないので安心かと」

「データ入力なら、前の職場で手伝わされてましたけど……その程度ですよ？」

「関根さんはキーボード・タイピングで、ＷＰＭとか測ったことあります？」

なぜかこの話に食いついてきたのは、あたしより小野田先生だった。

「なにそのＷＰＭって」

「Words Per Minute の略で、１分間にタイピングできるスピードの目安です」

「え、関根さんはそれ、どうなの？」

「３００ちょっと……だったと思いますけど」

「哲ちゃん、それってどうなの？」

「関根さん、試しにやってみます？」

「……本当にそれで、大丈夫なんでしょうか」

「十分、通用するスピードですね」

どれぐらいの学費がまかなえるか、想像もつかないけど。

少なくともあたしの「何かしなければ」という不安が、確実に和らいでいく。

「あの、とても失礼なことをお伺いするんですけど……その、時給は」

「在宅ＯＫで、たしか時給は１２００円ぐらいになると思います。作業量も何種類か選べますけど……ひとりで孤独に、黙々と同じ作業を続けるのが苦でなければ」

もちろん、その仕事量がどれぐらいか分からないけど。

想像以上の金額提示に、驚いてしまった。

「逆に好きです！　いいですか⁉　先生！」

「まぁ……在宅のデスクワークなら、オレの目も届く……かな？」

「ありがとうございます！」

「いやいや関根さん、お試しだからね？　ダメそうなら、途中で止めるからね？」

こうしてまた、あたしは誰かに助けてもらっている。

だからあたしは、もっとみんなの助けになるような存在になりたい。

この診療所に居てもいい、確かな理由が欲しい。

今のあたしにとって、それが栄養士の資格なのだ。

▽　▽　▽

いよいよ今日は、瀬田さんが検査を受けてくる日。

小野田先生と八木さん、そしてあたしの3人がカウンター診察室にそろい。まるで受験会場に向かう娘を心配するような気持ちで、瀬田さんを送り出した。

「先生……瀬田さん、大丈夫ですかね」

「心配しすぎだって。何もないことを確認するために、行ってもらうだけだし」

「でもクマさん、今日はスロットを打ちに行かなかったよね」

「それは……なんとなくだよ、なんとなく」

なんだかんだ言いながら、先生も瀬田さんのことが心配なのだ。

うちの診療所でもできる検査はすべてやって、正常だと確認済みだし。この4日間、毎日毎食、先生は瀬田さんのご飯をけっこう悩んで作っていた。

昔からこんな感じで、小学生だった八木さんの面倒もみていたのかもしれない。

どうも小野田先生は第一印象で損をしている気がしてならないのだけど、本人がそれをまったく気にしていないので、なにを言っても仕方ない。

そんなことを考えていたら、瀬田さんが戻ってきた――わけじゃなかった。

「……おまえ、また来たのかよ」

不意に開いたドアから冷たい空気と共に現れたのは、相変わらずのチェスターコートを羽織った修一だった。

「なぜこの時間に、あんたが居るのだ?」

挙げ句に第一声がそれだったので、3人ともフリーズしてしまった。

今は平日の、お昼前。

修一がここへやって来る理由が、まったく想像できない。

「オレの診療所にオレがいつ居ようが、オレの勝手だろうよ」

「この時間は、バカみたいに遊びほうけている時間だと聞いていたが」

「おまえこそ、平日の昼間っからヒマそうだな」

隣の先生は戦闘態勢だけど、八木さんがシェパードになる気配はなく。めんどくさそうな顔をしながら、監視ポジションにつくようにソファー席へ移動した。

「中野《なかの》で講義があったので、そのついでに寄っただけだ」

「用もないのに、フラッとここへ寄ったっていうのか？　おまえが？」

「まさか。私はそれほど暇ではない」

「じゃあ、なにしに来たんだよ」

修一と視線が合ったけど、その印象は少しだけ前とは違っていた。

もちろん体型は痩せ型のままで、すぐに変わるものではない。

でも肌の荒れ具合が良くなったと言うべきか、手入れだけではない張りというか、顔色が良くなったと言うべきか。

うまく表現できないけど、少なくとも表情が穏やかに見えるのは間違いなかった。

「セキネさん、と言ったかな」

「えっ⁉　あ、はい！」

「きちんと勉強をして資格を取れば、こんなインチキ診療所で燻《くすぶ》らなくても済む」

つかつかっとカウンターまでやって来た修一は、コートの内ポケットから1枚の名刺をテーブルに差し出した。

【小野田栄養専門学校　講師　小野田修一】

それは、以前に見た名刺とは役職が違っていた。

そういえば先生のお父さんが理事長を務めるグループは、介護老人保健施設から専門学校まで幅広くやっていると聞いた記憶がある。

「あの……これって」

「それを持って、来春はうちの専門学校に来ればいいだろう。入学金減免《げんめん》と教育後援奨学金制度には、私が推薦する」

顔色を変えたのは、小野田先生だ。

まるであたしと修一の間に割り込むように、カウンターから身を乗り出した。

「ふざけんな。関根さんを、こんな体《てい》のいい職員養成所に行かせられるか。奨学金返済免除の項目に、関連病院での3年勤務があることぐらい知ってるんだよ」

「あんたのところで飼い殺されるより、ずいぶん未来は明るいと思うが？」

「はぁ⁉　関根さんは、オレが見つけた人材だぞ！」

「だから惜しいと言っているのだ」

「おまえ、なに様だと——あったまキタ、この」

今まで、なだめ役ばかりだった先生なのに。

いつの間にかカウンター内に入っていた八木さんに、がっちり腕を掴《つか》まれていた。

さすがシェパード八木さん、先生の反応を完全に見切っていたのだ。

「クマさん。33歳にもなって、さすがにグーパンチはダメだよね」

「離せよ、グーパンチとかしな——ってててぇッ！　颯、腕！　痛いって、腕ぇ！」

修一はその様子に動揺することもなく。

静かに鞄を開けながら、前回とはまったく違う穏やかな口調で語りかけてきた。

「セキネさん。お金と資格というものは、あって困る物ではない」

カウンターに差し出したのは、Ａ４サイズの大きな封筒。

中には色々と入っているのか、そこそこの厚みもある。

「なんだ、これ——」

小野田先生がそれに手をかけようとした瞬間、修一は封筒を横にずらして触らせようとはしなかった。

それを先生がまた手で追うと、修一もまた逆方向にずらして触らせない。

これを真顔の大人がカウンター越しにやっているので、はたから見ているとコントか、ただのじゃれ合いにしか見えない。

「――おまえ、ケンカ売ってるな？」

「これは、あんたに持ってきた物ではない。そちらのセキネさんに持って来た、うちの入学案内書類だ」

そう言って修一は、厚手の封筒をあたしに差し出した。

表にはハッキリと【小野田栄養専門学校】の印字がある。

「あ、あたしに……ですか？」

「私は礼節をわきまえている人間だ」

再びぐいっと修一との間に横から入ってきたのは、小野田先生。

でも八木さんはもうソファー席に離れて、冷めた目で見ているだけ。つまり先生を抑える必要はないと、雰囲気や表情だけで判断したのだろう。

「おまえ……わざわざ、そのためだけに来たのか」

「言っただろう、私は礼節をわきまえている人間だと」

これは一体、何がどうなってこの流れになったのだろうか。

良く知りもしないあたしに、入学金減免と教育後援奨学金を勧めてくれる人間なんているはずがない。もしかすると修一のことだから、理解するのが難しい高度な皮肉ではないかとすら思ってしまう。

「へー。おまえ、関根さんのプロファイルには感謝してたんだな」

「違う。私は礼節をわきまえただけだと、何度言えばわかる」

「どう違うんだよ」

「あんた、やはりバカなのだな」

「バカって言うヤツが、バカなんだよ」

「それが自分自身のことを言っていると、あんたは気づかないだろうが」

先生と修一は、すでに小学生以下の口ゲンカみたいになってしまったけど。

あの修一が、わざわざ入学書類を持って来てくれたことに間違いはなかった。

「けどうちの関根さんを、小野田記念病院の職員養成学校には行かせられないな」

「別に、あんたの許可は必要ないだろう」

「いいから、それは持って帰れ。まぁ……おまえが昔より素直なオトナになったことだけは、認めてやるからさ」

「……ほう。まるで私が人格破綻《はたん》者のような言い草だな」

「事実だろ。昔からおまえ、絶対に謝らないヤツだったじゃないか」

「昔から言っているはずだ。私が悪くないのに、なぜ謝らなければならないのかと」

「関根さん、わかったでしょ。こいつ基本的に、こういうヤツなんだよ。そんなヤツの誘いに、乗るワケ？」

「え――――ッ!?」

急な角度で話を振られて、思わず声が出てしまった。

修一が入学書類を持って来てくれたことだけで、わりと動揺していたというのに。

「あんた、言っていることがおかしいぞ。この話に、私の人格は関係ない。セキネさんがあんたの診療所に縛《しば》られるのは惜しいと、そう言っているのだが？」

「しつこいなぁ。関根さんは、オレが見つけた人材だって言っただろ？　それをこんな誰が得するか見え見えのエサで、簡単に釣《つ》ろうとすんな」

そう言って先生は、あたしの手から封筒を取って修一に突き返した。

けど正直、そのお誘いを断るのはもったいない気がしてならない。

「あんた、人の人生を何だと思っているんだ？」

それをまた、修一がピッと奪い取ってあたしに戻した。

思わず受け取ってしまったけど、先生はそれをおもしろくない顔で見ている。

「それ、おまえのことな。黙って念願の理事長先生になれば、それでいいんだろ？」

また封筒をあたしから取りあげて、修一に突き返す先生。

大人げなさで、先生がちょっとリードし始めてしまった。

「私が理事長になることと、セキネさんの人生は関係ないだろう」

それをまた修一があたしに突き戻す——前に、小野田先生がブロック。

大人げなさで、先生がさらにリードを広げてしまう。

けどあたし、どうすればいいの？

「はい。そこまでだよね」

先生と修一の間に入ってくれたのは、意外にも八木さん。

ふたりの間を行き来していた入学書類の封筒を、一瞬で取りあげてしまった。

「なにすんだよ、颯」

「赤毛、どういうつもりだ」

「それはふたりの決めることじゃなくて、関根さんの決めることだよね」

一番オトナだったのは、八木さんで。書類の封筒をあたしに手渡してくれると、やれやれと首を振りながら、再び監視ポジションのソファーへと戻っていった。

気まずい、非常に気まずい。

先生にも修一にも気を使うこの重い空気を、どうしたらいいものか。

「あ……そ、そうだ」

「関根さん。ちゃんと断るって言ってやらないと、こいつ分かんないよ？」

「まさか。入学を決めたということだ」

このふたりに共通することで、あたしにできること。

やっぱり役立つのは、何はなくてもメモだ。

「おふたりとも、バナナシェイクでも飲みませんか?」

無意識だろうか、先生と修一が顔を見合わせていた。

その横顔は、やはりなんとなく似ている気がしないでもない。

「え……関根さん、まさかあれをメモしてたの?」

「そういった気配り。やはりこの診療所で燻るのは、もったいない」

そう言って修一はコートを脱ぎ、カウンター席に座った。

「なんだよ、おまえ。飲んで行く気か?」

「聞いていなかったのか? セキネさんは、あんただけに勧めたわけではない」

ふたりとも変わり者で、第一印象が悪くて、かなり大人げないけど。

基本的には悪い人ではない、似ているようで似ていない、半分だけの兄弟。

そんなことを考えながら、あたしは冷蔵庫からバナナと牛乳を取り出したけど。

今日は不思議と、こめかみに頭痛は感じなかった。

▽　▽　▽

それからあたしの頭の中は、どんどん霧が晴れていくようだった。

このところ緊張型頭痛も出て来ないし、関連痛を疑うような体の痛みもない。

こうして穏やかな気持ちで、木漏《こ》《も》れ日の差し込むカウンターで自分の淹れたカフェオレを飲むのは久しぶりだった。

「あー、ホッとするな……」

柏木さんからのデータ入力のバイトも、週末にまとめてやって週明けに提出できたり、データ量も三分割納入などが選べたり、思っていたよりも負担は少なかった。

なにより小野田先生があたし用にキーボードを買ってくれたので、前の会社が一括購入していた灰色でキータッチの硬いカタカタと音がやたら響くキーボードに比べて、ＷＰＭは30ぐらい上がったのではないだろうか。

でもあたしが個人的に一番気が楽になった理由は、皮肉にも修一が持って来てくれた、この入学書類ではないかと思っている。

行くか行かないかは別として――修一の申し出をありがたく受けると、学費の総額は他の専門学校に比べて圧倒的に安くなる。しかも二分割納入が可能らしいので、初年度分は入学時には間に合う計算になった。

そういう「選択肢」が増えるだけで、人は安心できるのだと改めて感じる。

これは実家に帰るという選択肢が増えた時の感覚に、とても似ていた。

「やっぱ、あいつの学校へ行くの？」

「え――っ⁉」

気づくといつの間にか、隣に小野田先生が立っていた。

なぜ咄嗟《とっさ》に、入学パンフレットを閉じてしまったのだろう。

別にやましいわけではないけど、堂々と見るには少し抵抗がある。先生と修一は、どうやっても仲良くなれると思えないし。これは、どうしたらいいのだろうか。

「いやまぁ、別にね？　オレは、大人げないことを言ってるんじゃないんだよ。なんて言うのかな……3年間の、俗に言う『ご奉仕期間』ってやつ？　あれこそ人の人生の選択肢を狭《せば》めてる気がして、どうかと思うんだよね」

「です、かね……なんとなくですけど、それはそれで修業というか、経験というか」

「いやいや、待って待って。それだとね、なんていうか……アレじゃない？　オレと颯はその3年間、ちょっとアレな感じになるんじゃない？」

アレが多すぎて、先生の言ってる意味が理解できないでいると。

やたらと元気に、入口のドアが開いた。

「こんにちはーっ。過労死の前兆疑いが晴れた、瀬田でーす」

よほど嬉しかったのか、前も似たようなことを言いながら入って来たような。

知らない人が聞いたら、とりあえず渋い顔で席を立つのではないだろうか。

「おー。今日はずいぶん身軽で来たな、ちょっと肝臓の輝度《きど》が高かった瀬田さん」

そういう迎え方をする先生も、どうかと思うけど。

こうして小野田先生が口にするということは、それほど日常生活に支障を来す問題ではない証拠でもあるので、これでもいい表現の部類に入るのだ。

「今日は純粋に、菜生りんのご飯を食べに来ましたァ」

「あー、そうね。関根さんが居れば、それでいいんだもんな」

「いやいや。クマ先生は、いざって時の指揮官《コマンダー》ですから」

「はいはい。で、今日は何が食べたいのよ」

「鶏そぼろの卵とじ、鶏そぼろを大盛りで！」

思わず、先生の顔色をうかがってしまった。

あの日、瀬田さんはあたしの時と同じように必要な検査をすべて受け終わると、その結果をUSBに入れられて持ち帰ってきた。

ソファー席に先生と向かい合って座った瀬田さんの、緊張した顔が忘れられない。

そして過労死の前兆は見当たらないと告げられた瞬間、瀬田さんは脱力してソファーの上でバターが溶けるように崩れていったのだった。

「先生……あれですよね。瀬田さんは、今まで通りに食べてもいいんですよね？」

「いいよ。米は大盛りにできないけど」

どうやら本当に、緊急事態は回避したらしい。

そのせいか、瀬田さんのオーダーはまだ続いた。

「あっ、あと『どんぐり』があれば嬉しいです、欲しいです、食べさせてください」

「どんぐりは、3個までな」

「少なっ！　お酒は飲まないのに！」

「それでもコレステロール量は、牛レバーの1人前と同じぐらいになるの」

「うえぇ……せっかく『過労死からの解放パーティー』を開こうと思ってたのに」

「それはもう、この前やったでしょ。それとも抗高脂血症の薬、飲みたい？」

「いやです」

「じゃあ3ヶ月後の採血と超音波検査をするまで、ガマンするように」

「紅茶に、ベルガモットと洋梨のシロップに漬けた氷砂糖は入れていいですか？」

「あぁ、それはいいよ。瀬田さんは血糖とカロリーと栄養素を別ものとして考えないと、絶対うまく管理できないからな」

「あざっす！」

栄養士の知識と資格があれば、あたしもこういう会話に入っていけるのだろうか。

そう考えると、はやく入学したくてたまらない。

やはり【小野田栄養専門学校】が最有力候補で、間違いないと思う。

「けど、瀬田さんさぁ。ちょっとは仕事、減らせそうなの？」

「大丈夫っす。いいのか悪いのか、次は半年後に1本入ってるだけなので」

「その間、どうするの」

「積みゲーと積ん読を崩して、ストレス・フリーにダラダラ過ごします」

「積み……なにそれ、ネット・スラング？」

「いやぁ。実は特典欲しさに予約していた、大好きなゲームの最新作が——」

そこで、瀬田さんのスマホが鳴った。

画面を見た瀬田さんの表情は、急にストーンと「お仕事モード」に早変わり。それをフリックすると、声のトーンまでお仕事モードに切り替わっていた。

「——もしもし、お疲れさまです。はい、はい……いえいえ……え、再来月？」

そんな不穏な受け答えをしながら、慌てて外へ出て行った瀬田さん。

思わず先生と、顔を見合わせてしまった。

「先生……あの電話、もしかして」

「関根さん、賭《か》けない？」

「あたしは、お仕事の依頼に」

「それじゃあ、賭けにならないじゃん」

瀬田さんにとって執筆依頼が来ることは、フリーランスとして収入を得ることでもあるので、大切なことなのは間違いないとはいえ。

次こそ本当に過労死の前兆症状が出ないか、心配でならない。

「これって……瀬田さんにとっては、いいことなんですかね」

「善し悪し以前に、バランスが悪いのは間違いないな」

「ハァ……いつになったら、安心して瀬田さんにご飯を出せるんでしょうか」

「関根さんも、気苦労が絶えないな」

そんなことを話していると。

瀬田さんと入れ替わるように、またひとりやって来た。

「ども」

「おー、哲ちゃんか。なんだか今日は、やけにみんな集まって来るなぁ」

あれ以来、すっかり元の無造作ヘアーに戻った柏木さんだけど。今日はお仕事用のノートPCをではなく、珍しく手提げの紙袋を持っていた。

「これ、関根さんに。バイトを受けていただいた、お礼がてら」

「あたしに……ですか？」

「わりと評判が良くて」

「まーた、関根さんか。みんな、関根さんさえ居ればいいんだもんな」

もちろん柏木さんは、先生の言葉を真に受けたりせず。持って来た紙袋から、高そうな装飾の菓子箱をカウンターに取り出していた。

「どうぞ。みなさんで食べてください」

「哲ちゃん、なにこれ。開けていい？」

「あの……一応、関根さんに持って来た物なので」

「あー、はいはい。そうでしたね、大人げなかったですね」

どうもさっきから先生を見ていると、半分ぐらいは真剣にスネている可能性が否定できない気がしてならない。

そんなことを思いながら豪華な箱を開けると、カラフルなマカロンが並んでいた。

「わっ。可愛い」

「よかったです」

「へー、マカロンか。ずいぶん高そうな感じだけど――」

なんの根拠もなく、嫌な予感が脳内を走った。

この箱にあるロゴは、たしか丸《まる》の内《うち》にある有名パティスリーのもの。

柏木さんがそんなところへ、わざわざお礼のマカロンを買いに？

「――哲ちゃん、お菓子とか好きだったっけ？」

「すいません……実はこれ、もらい物なんです」

「だよな。高級洋菓子だなんて、見たことも聞いたこともないし」

「……食べてもらう感じになりますけど、いいです？」

「あ。オレはそういうの、気にしない人なの。関根さんは？」

すごく体裁悪そうにしている柏木さんを、先生はまったく気にしていないけど。

あたしはそれ以前に、別のことがどうしても気になった。

「あの、柏木さん……こういうことを聞くのも、ちょっとどうかと思うんですけど」

「嫌いでした？　女性がくれたので、きっと女性なら好きなのかなって」

「女性……」

嫌な予感は的中していた。

それを聞いて、さすがに鈍い先生も気づいたらしかった。

「哲ちゃん。その女性って、誰なの？」

「うちの会社の、受付の方ですけど」

「また合コン？」

「違いますよ。ぜんぜん話もしたことない人です」

「なんで話もしたことのない受付さんが、哲ちゃんにこんな高級マカロンを？」

「なんか友だちと交換するために買ったら、同じお店のものを買ってたらしくて」

見も知らない女性に対して大変失礼だけど、とても嘘くさい。

友だち同士のスイーツ交換で、同じお店？

しかも丸の内の高級パティスリーで、箱買い？

この取って付けたような嘘っぽさは、なんだろうか。

「まぁ、それはいいとしてもだ。どうやったら、哲ちゃんがもらうことに？」

「だから自分も言ったんですよ。よく知らないのに、通りすがりにもらえないって」

「おいおい。通りすがりに、この高級菓子箱をもらったのか？」

「そしたら向こうも、それもそうですねって話になって」

「だよな。普通、そうだよな」

「だから今度、みんなで食事に行くことに」

「待て待て。その流れ、おかしくない？」

「でも……うちの部署からも、何人か一緒に行くんですよ？」

「……今の時代はそれを、合コンとは言わないのか？」

それでも首をかしげている柏木さんは、相変わらず無自覚だった。

たとえそれが合コンではないとしても、柏木さんが狙われているのは間違いない。

どうかお願いだから、今度こそいい人であって欲しい。どうか柏木さんのワーキングメモリを、悪い方向に埋めてしまう人ではありませんように。

思わず下を向いて、年に何度もしない神頼みで目を閉じてしまう。

そんな姿を、小野田先生に気づかれてしまった。

「関根さんも、気苦労が絶えないな」

「いや……これは、そういうのじゃなくて――」

「違う、違う。哲ちゃんじゃなくて」

「——えっ？」

「ほら、あそこ」

先生が指さしたのは、いつの間にか入口に立っていた大城さん。

なぜかフリーズしたまま、喪失感に打ちひしがれているようにも見える。

「ちょ、大城さん？　今日はどうされたんですか？」

「関根さん……ボクの新刊、発売前から1巻で打ち切りが決まりそうです……」

「えぇ——っ⁉」


あたしには居てもいい場所があり、誰かを助けるきっかけになれることを知った。

そしてここには、本当の意味で手を差し伸べてくれる人が居ることも知った。

それならば、次にあたしのやることはひとつ。

まずはあたしの手が届く範囲で、あたしにできる恩返しをすること。

人と人はそうやって繋がっていることに、あらためて気づかされたのだった。

◆この作品はフィクションです。
実在の人物、団体などには一切関係ありません。

双葉文庫

ふ-30-02

おいしい診療所《しんりようじよ》の魔法《まほう》の処方箋《レシピ》❷

2021年4月18日　第1刷発行

【著者】
藤山素心《ふじやまもとみ》

【発行者】
島野浩二
【発行所】
株式会社双葉社
〒162-8540 東京都新宿区東五軒町3番28号
［電話］03-5261-4818（営業）　03-5261-4851（編集）
www.futabasha.co.jp（双葉社の書籍・コミックが買えます）
【印刷所】
中央精版印刷株式会社
【製本所】
中央精版印刷株式会社

【フォーマット・デザイン】
日下潤一

ISBN978-4-575-52463-5 C0193
Printed in Japan

FUTABA BUNKO

三萩せんや

鳳凰《ほうおう》の巫女《みこ》は時を舞う

後宮妖幻想奇譚

鳳凰の力で国を護る巫女に選ばれた、貧民街に住む少女・小鈴《ショウリン》。巫女として勤勉……ではなく怠惰な生活を送る彼女のもとに、国を揺るがす事件の解決依頼が舞い込んでくる。鳳凰《時戻り》の力を使いこなすことができない小鈴は、後宮に住むという謎の男と共に、事件解決に挑むのだが、どうも妖が関わっているようで——!? 半人前の少女が、忌み嫌われた妖達と絆を紡ぎ、運命を変える！ 笑って泣けてじんとくる中華ファンタジー！

発行・株式会社　双葉社

FUTABA BUNKO

女子大生の時町見初は、幼い頃から『あやかし』や『幽霊』が見える特殊な力を持っていた。誰にも言えない力を抱え、苦悩することも多かった彼女だが、現在最も頭を悩ましている問題は、自身の就職活動だった。受けれども受けれども、面接は連戦連敗。まさに、お先真っ黒。しかしそんな時、大学の就職支援センターが、ある求人票を見初に紹介する。それは幽霊が出るとの噂が絶えない、出雲の曰くつきホテルの求人で――。『妖怪』や『神様』たちが泊まりにくる出雲のホテルを舞台にした、笑って泣けるあやかしドラマ!!

発行・株式会社　双葉社

FUTABA BUNKO

盲目の織姫は後宮で皇帝との恋を紡《つむ》ぐ
著 小早川真寛
機織り宮女として後宮で働いている盲目の氾蓮香《はんれんか》。目が見えないゆえに些細な音や気配などを感じ取ることに長けている彼女は、後宮で問題となっていた幽霊騒動を意図せず解決してしまう。その褒美として蓮香のもとに皇帝が訪れることになったのだが、彼女は皇帝の「ある秘密」に気づいてしまい――!? 後宮の闇に隠された愛と謎の真相に挑む、超絶怒涛の中華後宮ラブ&ミステリー!

発行・株式会社　双葉社